CB010333

Obras da autora publicadas pela Editora Record:

Série Amada imortal
Amada imortal
Cair das trevas
Inimigo sombrio

Série Coven
Livro das sombras
O Círculo

COVEN
LIVRO 02

O Círculo
CATE TIERNAN

Tradução
Rachel Agavino

1ª edição

— **Galera** —
RIO DE JANEIRO
2016

CIP-BRASIL. CATALOGAÇÃO NA PUBLICAÇÃO
SINDICATO NACIONAL DOS EDITORES DE LIVROS, RJ

Tiernan, Cate

T443c   O Círculo / Cate Tiernan; tradução de Rachel Agavîno. – 1. ed.
– Rio de Janeiro: Galera Record, 2016.
(Coven; 2)

Tradução de: The coven
ISBN 978-85-01-09630-2

1. Ficção americana. I. Agavino, Rachel. II. Título. III. Série.

16-30407   CDD: 028.5
                                                     CDU: 087.5

Título original em inglês:
The Coven: Sweep 2

Copyright © 2001 17th Street Productions, an Alloy company
and Gabrielle Charbonett

Publicado mediante acordo com Rights People, London

Todos os direitos reservados. Proibida a reprodução, no todo ou em parte,
através de quaisquer meios. Os direitos morais do autor foram assegurados.

Texto revisado segundo o novo Acordo Ortográfico da Língua Portuguesa.

Diagramação do miolo: Abreu's System
Design de capa: Typo Studio

Direitos exclusivos de publicação em língua portuguesa
somente para o Brasil adquiridos pela
EDITORA RECORD LTDA.
Rua Argentina, 171 – Rio de Janeiro, RJ – 20921-380 – Tel.: (21)2585-2000,
que se reserva a propriedade literária desta tradução.

Impresso no Brasil

ISBN 978-85-01-09630-2

Seja um leitor preferencial Record.
Cadastre-se e receba informações sobre nossos
lançamentos e nossas promoções.

Atendimento e venda direta ao leitor:
mdireto@record.com.br ou (21) 2585-2002.

*Para N. e P., que trouxeram tanta magia
para a minha vida*

Prólogo

Eu estava dançando no ar, cercada pelas estrelas, vendo centelhas de energia passar zunindo por mim como cometas microscópicos. Podia ver todo o universo ao mesmo tempo; cada partícula, cada sorriso, cada mosca, todos os grãos de areia eram revelados a mim e tinham uma beleza infinita.

Quando eu respirava, inspirava a própria essência da vida e expirava luz branca. Era lindo, muito mais que lindo, mas eu não tinha palavras para explicar nem a mim mesma. Entendi tudo: meu lugar no universo, o caminho que tinha que seguir.

Então sorri, pisquei e expirei de novo; estava parada num cemitério escuro, com nove colegas da escola, e lágrimas escorrendo pelo meu rosto.

— Você está bem? — perguntou Robbie, preocupado, aproximando-se de mim.

A princípio, parecia que ele estava falando coisas sem sentido, mas então entendi o que disse, e assenti.

— Foi tão bonito — falei, não explicando nada, a voz falhando.

Depois daquela visão, eu me sentia insuportavelmente pequena. Estiquei o braço para tocar o rosto de Robbie. Meu dedo deixou uma marca rosada e quente, e ele esfregou a bochecha, parecendo confuso.

Andei em direção aos vasos de flores que estavam no altar, fascinada por sua beleza e, ao mesmo tempo, pela profunda tristeza de sua morte. Toquei um botão, que se abriu sob a minha mão, florescendo na morte do mesmo modo que lhe teria sido permitido em vida. Ouvi Raven arquejar, e tive certeza de que Bree, Beth e Matt tinham se afastado de mim.

Então Cal apareceu do meu lado.

— Pare de tocar nas coisas — disse ele, baixinho, com um sorriso. — Deite no chão e se aterre.

Ele me conduziu até uma área aberta no meio do nosso círculo, e eu me deitei de costas, sentindo a vida pulsante da terra me centrando, me livrando da energia, fazendo com que eu me sentisse mais normal. Minhas percepções se focaram, e vi o coven claramente, voltei a ver as velas, as estrelas e as frutas tais como realmente eram, e não como pulsantes bolhas de energia.

— O que está acontecendo comigo? — sussurrei.

Cal se sentou de pernas cruzadas e levantou minha cabeça, pousando-a em seu colo, acariciando meu cabelo espalhado sobre suas coxas. Robbie se ajoelhou ao lado dele. Ethan, Beth e Sharon chegaram mais perto, me espiando por sobre o ombro dele, como se eu estivesse numa vitrine de museu. Jenna abraçava Matt pela cintura, como se estivesse com medo. Raven e Bree estavam mais ao fundo, e Bree parecia solene, de olhos arregalados.

— Você fez magia — disse Cal, encarando-me com seus eternos olhos dourados. — Você é uma bruxa de sangue.

Meus olhos se arregalaram mais, quando seu rosto lentamente ocultou a lua acima de nós. Com seus olhos cravados nos meus, ele tocou minha boca com a sua, e, em choque, percebi que ele estava me beijando. Meus braços pareciam pesados quando os movi para enlaçar seu pescoço, e então eu estava retribuindo seu beijo, e estávamos unidos, e a magia crepitava à nossa volta.

Naquele momento de felicidade absoluta, não questionei o que o fato de eu ser uma bruxa de sangue significaria para mim ou minha família, ou o que o fato de Cal e eu estarmos juntos significaria para Bree, Raven, Robbie, ou quem quer que fosse. Esta seria minha primeira lição sobre magia, e eu aprenderia da maneira mais difícil: ver o quadro geral, não apenas uma parte dele.

1

Depois do Samhain

Este livro foi dado à minha pequena incandescente, minha fada do fogo, Bradhadair, em seu décimo quarto aniversário.
Bem-vinda ao Belwicket. Com amor, Mathair

><

Este livro é particular. Fique longe.
Imbolc, 1976
Este é um feitiço simples para começar meu Livro das Sombras. Aprendi com Betts Jowsin, só que uso velas pretas, e ela usa azuis.

Para se livrar de um mau hábito

1. Acenda velas votivas.
2. Acenda uma vela preta. Diga: "Isto é o que me atrapalha. Não farei mais isto. Isto não faz mais parte de mim."
3. Acenda uma vela branca: "Esta é minha força de vontade, minha coragem e minha vitória. Essa batalha já está vencida."

4. *Mentalize o mau hábito do qual quer se livrar. Visualize-se livre dele. Após alguns minutos imaginando a vitória, apague a vela preta, depois a branca.*
5. *Repita uma semana depois, se necessário. Funciona melhor se for feito na lua minguante.*

Fiz esse feitiço na última quinta-feira como parte da minha iniciação. Desde então não roí as unhas. — Bradhadair

Acordei devagar no dia seguinte ao Samhain. Tentei resistir à luz atrás de meus olhos, mas acabei despertando, sem que pudesse fazer nada quanto a isso.

Quase não havia luz no meu quarto. Era o primeiro dia de novembro, e o tempo ameno do outono tinha ido embora. Eu me espreguicei, então fui invadida por lembranças e sensações tão fortes que me senti ereta na cama.

Tremendo, voltei a ver Cal se inclinando sobre mim, me beijando. E eu o beijando de volta, os braços em volta de seu pescoço, seus cabelos suaves sob meus dedos. A conexão que estabelecemos, as fagulhas, o modo como o universo girava em volta de nós... Sou uma bruxa de sangue, pensei. Sou uma bruxa de sangue, Cal me ama, e eu o amo. E é assim que as coisas são.

Na noite anterior, dei meu primeiro beijo, encontrei meu primeiro amor. Também traí minha melhor amiga, criei uma fissura no meu novo coven e percebi que meus pais mentiram para mim a vida toda.

Tudo isso aconteceu no Samhain, 31 de outubro, o Ano-Novo das bruxas. Meu novo ano, minha nova vida.

Volto a me deitar na cama, o aconchego dos lençóis de flanela e do edredom é reconfortante. Na noite passada vi meus sonhos se tornarem realidade. Agora percebo, com um frio na barriga, que pagarei caro por eles. Sinto que tenho muito mais que 16 anos.

Bruxa de sangue, penso. Cal diz que é isso que sou, e, depois da noite de ontem, depois do que fiz, como posso duvidar? Deve ser verdade. Sou uma bruxa de sangue. Em minhas veias corre o sangue herdado de milhares de anos de prática de magia, milhares de anos de casamentos entre bruxos. Sou uma deles, de um dos Sete Grandes Clãs: Rowanwand, Wyndenkell, Leapvaughn, Vikroth, Brightendale, Burnhide e Woodbane.

Mas de qual deles? Rowanwand, professores e detentores do conhecimento? Wyndenkell, os experientes criadores de feitiços? Vikroth? Os Vikroth eram guerreiros mágicos, posteriormente relacionados aos Vikings. Sorri. Não me sentia uma guerreira.

Os Leapvaughn eram brincalhões, criadores de travessuras. O clã Burnhide se concentrava em fazer magia com pedras preciosas, cristais e metais, e o Brightendale era o clã medicinal, que usava a magia das plantas para curar. Ou... havia também os Woodbane. Estremeci. Não tinha a menor chance de eu ser do clã sombrio, aqueles que queriam poder a qualquer custo, aqueles que lutaram e traíram clãs amigos pelo controle da terra, pelo poder da magia e pelo conhecimento.

Considerei a possibilidade. Dentre os sete grandes clãs, se eu de fato fosse de um deles, me sentia mais como uma Brightendale, os curandeiros. Tinha descoberto que amo plantas, que elas falavam comigo, que usar seus poderes mágicos era natural para mim. Abracei meu próprio tronco, sorrindo. Uma Brightendale. Uma verdadeira bruxa de sangue.

O que significa que meus pais também devem ser bruxos de sangue, pensei. Era uma ideia maravilhosa. Fez com que eu me perguntasse por que íamos à igreja todos dos domingos desde que podia me lembrar. Quero dizer, eu gostava da minha igreja. Gostava de ir à missa. Eram bonitas, tradicionais e reconfortantes. Mas a Wicca parecia mais natural.

Eu me sentei na cama de novo. Duas imagens não abandonavam minha mente: Cal se inclinando sobre mim, seus olhos dourados cravados nos meus. E Bree, minha melhor amiga: o choque e a dor em seu rosto ao ver Cal e eu juntos. A acusação, a mágoa, o desejo. A raiva.

O que eu fiz?, perguntei-me.

Ouvi meus pais lá embaixo na cozinha, preparando o café, esvaziando a máquina de lavar louças. Jogando-me de novo na cama, ouvi os sons familiares: nem todas as coisas da minha vida mudaram na noite passada.

Alguém abriu a porta da frente para pegar o jornal. Era domingo, o que significava igreja seguida por *brunch* no Widow's Siner. Ver Cal depois? Será que eu falaria com ele? Sairíamos juntos agora, como um casal? Ele me beijara na frente de todo mundo — o que isso significava? Será que Cal Blaire, o lindo Cal Blaire, estava mesmo interessado em mim, Morgana Rowlands? Eu, com meu peito achatado e meu nariz proeminente? Eu, para quem os rapazes nunca olhavam duas vezes?

Encarei o teto, como se as respostas estivessem escritas no gesso rachado. Quando a porta do meu quarto se escancarou, pulei.

— Você pode me explicar isto? Perguntou minha mãe.

Seus olhos castanhos estavam arregalados, a boca, apertada, com linhas muito profundas ao redor. Ela ergueu uma pequena pilha de livros, amarrada por um barbante. Eram os livros que eu tinha deixado na casa de Bree porque sabia que meus pais não queriam que eu os tivesse, meus livros sobre Wicca, os Sete Grandes Clãs, a história da bruxaria. Preso à pilha, um bilhete dizia, em letras garrafais: "Morgana, você deixou isto na minha casa. Achei que poderia precisar deles." Sentando-me, percebi que essa era a vingança de Bree.

— Achei que tivéssemos um acordo — disse mamãe, elevando o tom de voz. Ela se inclinou para fora da porta do meu quarto e gritou: — Sean!

Deslizei as pernas para fora da cama. O chão estava gelado, e enfiei os pés nas pantufas.

— E aí? — A voz de minha mãe estava um decibel mais alta, e meu pai entrou no quarto, parecendo alarmado.

— Mary Grace? — perguntou ele. — O que está havendo?

Minha mãe segurava os livros como se fossem um rato morto.

— Isto aqui estava na varanda! — disse ela. — Leia o bilhete! — Ela se virou de novo para mim. — O que você acha que está fazendo? — bradou, incrédula. — Quando falei que eu não queria estes livros na minha casa, não quis dizer que você poderia lê-los na casa de outra pessoa! Você sabia muito bem disso, Morgana!

— Mary Grace! — Meu pai tentou apaziguar a situação, tirando os livros dela. Leu os títulos em silêncio.

Minha irmã mais nova, Mary K., entrou no quarto, ainda de pijamas de patchwork de lã.

— O que está acontecendo? — perguntou, tirando o cabelo dos olhos. Ninguém respondeu.

Tentei pensar depressa.

— Esses livros não são perigosos nem ilegais. E eu queria lê-los. Não sou criança... Tenho 16 anos. Além do mais, respeitei sua ordem de não mantê-los dentro de casa.

— Morgana — disse meu pai, soando estranhamente severo. — A questão não era só manter os livros dentro de casa, e você sabe disso. Explicamos que, como católicos, achamos bruxaria algo errado. Pode não ser ilegal, mas é blasfêmia.

— Você tem 16 anos — resumiu mamãe. — Não 18. Isso significa que ainda é uma criança. — Seu rosto estava vermelho, o cabelo despenteado. Eu podia ver os fios prateados entre os ruivos. Caiu a ficha de que, em quatro anos, ela faria 50. De repente isso pareceu velha demais.

— Você mora debaixo do nosso teto — continuou mamãe, com firmeza. — Nós a sustentamos. Quando tiver 18 anos, se mudar e arrumar um emprego, poderá ter os livros que quiser, ler o que quiser. Mas, enquanto estiver nesta casa, seguirá as nossas regras.

Comecei a ficar com raiva. Por que eles estavam agindo assim?

Mas antes que eu dissesse qualquer coisa, um verso me veio à mente: Dominar a raiva, as palavras controlar. Falar de amor, mágoas não causar.

De onde veio isso?, perguntei-me por um instante. Mas, qualquer que fosse sua origem, parecia correto. Repeti o verso para mim mesma três vezes e senti minhas emoções se acalmarem.

— Eu entendo — falei. De repente, eu me sentia forte e confiante. Olhei para meus pais e minha irmã. — Mas, mãe, não é tão simples assim — expliquei, em tom gentil. — E você sabe por quê; sei que você sabe. Sou uma bruxa. Nasci bruxa. E, se eu nasci, vocês nasceram também.

2
Diferente

14 de dezembro de 1976.

Ontem à noite teve círculo no currachdag nos montes a oeste. Ao todo éramos quinze, incluindo eu, Angus, Mannannan, o restante de Belwicket e dois estudantes, Jara e Cliff. Fazia frio, e caía uma chuva fina. De pé em volta do currachdag, o grande monte de turfa, trabalhamos um pouco para a cura da velha Sra. Paxham, que estava doente, no vilarejo. Senti o cumhachd, o poder, em meus dedos e braços, fiquei feliz e dancei por várias horas. — Bradhadair

Minha mãe parecia estar à beira de um ataque. Meu pai ficou boquiaberto. Mary K. me encarava, os olhos castanhos arregalados.

A boca de minha mãe se movia como se ela estivesse tentando falar, mas não conseguisse encontrar as palavras. Seu rosto estava pálido, e eu queria dizer a ela que se sentasse, que se acalmasse. Mas fiquei em silêncio. Sabia que aquele era um momento decisivo para nós, e eu não podia recuar.

— O que você disse? — A voz dela era um sussurro áspero.

— Eu disse que sou uma bruxa — repeti, com calma, embora, por dentro, meus nervos estivessem retesados. — Sou uma bruxa de sangue, herança genética. E, se eu sou, vocês dois também devem ser.

— Do que você está falando? — perguntou Mary K.

— Não existe isso de herança genética de bruxa! Meu Deus, daqui a pouco você vai dizer que somos vampiros e lobisomens.

Ela me olhou, incrédula, o pijama de lã parecendo infantil e ingênuo. De repente me senti culpada, como se tivesse trazido o mal para dentro de casa. Mas isso não era verdade, era? Tudo o que trouxera para dentro de casa era eu, uma parte de mim.

Ergui a mão e depois a deixei cair, sem saber o que dizer.

— Não acredito nisso — falou Mary K. — O que você está tentando fazer? — Ela indicou nossos pais com um gesto.

Ignorando-a, mamãe disse, com voz fraca:

— Você não é uma bruxa.

Eu quase bufei.

— Mãe, por favor. Isso é como dizer que não sou uma garota ou que não sou humana. É claro que sou uma bruxa, e você sabe disso. Sempre soube.

— Morgana, pare com isso! — implorou Mary K. — Você está me assustando. Quer ler livros de bruxaria? Ótimo. Leia os livros, acenda velas, faça o que quiser. Mas pare de dizer que é uma bruxa de verdade. Isso é besteira!

Mamãe desviou o olhar para Mary K., assustada.

— Me desculpe — murmurou minha irmã.

— Sinto muito, Mary K — desculpei-me. — Não quis que isso acontecesse. Mas é verdade. — Um pensamento me ocorreu. — Você deve ser também — disparei, achando a ideia fascinante. Ergui os olhos para ela, animada. — Mary K., você deve ser bruxa também!

— *Ela não é bruxa!* — gritou mamãe, e eu parei, congelada por sua voz. Ela parecia furiosa, o rosto corado, as veias do pescoço saltadas. — Deixe sua irmã fora disso!

— Mas... — comecei.

— Mary K. não é bruxa, Morgana — disse meu pai, cortante.

Balancei a cabeça.

— Mas ela tem que ser. Quero dizer, é genético. E, se eu sou e vocês são, então...

— Ninguém aqui é bruxo — disse minha mãe, direta, sem me encarar. — Mary Kathleen com certeza não.

Eles estavam em negação, mas por quê?

— Mãe, tudo bem, de verdade. Está tudo mais do que bem. Ser bruxa é maravilhoso — falei, lembrando-me dos sentimentos que experimentara na noite passada. — É como ser...

— Quer parar? — Minha mãe explodiu. — Por que está fazendo isso? Por que não nos ouve? — Ela parecia prestes a chorar, e eu estava ficando com raiva de novo.

— Não ouço porque vocês estão errados! — gritei. — Por que estão negando tudo?

— *Nós não somos bruxos!* — berrou minha mãe, quase sacudindo as janelas.

Ela me encarou. A boca de meu pai estava aberta, e Mary K. parecia estar sofrendo. Senti o primeiro golpe de medo.

— Ah — disparei. — Então eu sou uma bruxa, mas vocês não são, certo? — Bufei, furiosa diante da teimosia deles, de suas mentiras. — Então o quê? — Cruzei os braços e olhei para eles. — Eu fui adotada?

Silêncio. Longos momentos ouvindo o tique-taque do relógio, o barulho suave dos galhos do olmeiro raspando a janela. Meu batimento cardíaco pareceu entrar em câmera lenta. Mamãe buscou a cadeira da minha escrivaninha e se deixou cair sobre ela pesadamente. Meu pai jogou o peso do corpo de um pé para o outro, olhando para o nada por cima do meu ombro esquerdo. Mary K. observava todos nós.

— O que foi? — Tentei sorrir. — O quê? O que estão querendo dizer? Eu sou *adotada*?

— Claro que você não é adotada — disse Mary K., olhando para papai e mamãe em busca de confirmação.

Silêncio.

Dentro de mim, um muro desabava, e eu via o que estava por trás dele: todo um mundo com o qual nunca sonhei, um mundo no qual eu era adotada, sem nenhuma ligação biológica com minha família. Senti um nó na garganta e um embrulho no estômago, e tive medo de que fosse vomitar. Mas eu tinha que saber.

Empurrei Mary K. e fui para o corredor, então desci os degraus como um relâmpago, dois de cada vez. Dobrei um corredor, ouvindo meus pais atrás de mim. No escritório da família, escancarei os arquivos do meu pai, no qual ele guarda coisas como os papéis do seguro, nossos passaportes, as certidões de casamento... e de nascimento.

Ofegante, folheei os arquivos do seguro do carro, do sistema de segurança da casa, o novo aquecedor de água. No meu arquivo estava escrito *Morgana*. Eu o puxei assim que meus pais entraram no escritório.

— Morgana! Pare com isso! — exigiu meu pai.

Ignorando-o, vejo carteiras de vacinação, boletins escolares, meu cartão da seguridade social.

Ali estava. Minha certidão de nascimento. Eu a peguei e a percorri com os olhos. *Nascimento, 23 de novembro.* Certo. *Peso, 3,900kg.*

Minha mãe passou o braço em volta de mim e puxou a certidão da minha mão. Como se estivéssemos numa comédia pastelão, eu a puxei de volta. Ela a segurou firme com as duas mãos, e o papel se rasgou.

Ajoelhando-me, eu me curvei sobre a minha metade no chão, protegendo-a até que pudesse ler. *Idade da mãe: 23.* Não. Isso estava errado, porque mamãe já tinha completado 30 anos antes de eu nascer.

E então as extremidades do papel ficaram embaçadas quando meus olhos se cravaram nas seguintes palavras: *Nome da mãe: Maeve Riordan.*

Mecanicamente, li até o fim da página rasgada, esperando ver o nome da minha mãe de verdade, Mary Grace Rowlands, em algum lugar. Qualquer lugar.

Em choque, ergui os olhos para ela. Minha mãe parecia ter envelhecido dez anos na última meia hora. Atrás dela, em silêncio, meu pai apertava os lábios numa linha.

Levantei o papel, sem conseguir raciocinar.

— O que isso significa? — perguntei de um jeito estúpido.

Meus pais não responderam, e eu os encarei. Meus medos me invadiram em ondas pesadas. De repente, eu não suportava mais ficar com eles. Eu tinha que sair dali. Lutando para ficar de pé, fugi correndo pela porta, colidindo com Mary K. e quase a derrubando. O pedaço rasgado de papel voou da minha mão quando atravessei a porta da cozinha, e peguei as chaves do meu carro. Corri para fora como se o demônio estivesse me perseguindo.

3
Encontre-me

14 de maio de 1977.

Ultimamente, ir à escola é mais um aborrecimento do que qualquer outra coisa. É primavera, tudo está florescendo, estou do lado de fora colhendo luibh — plantas — para meus feitiços e aí tenho que ir para a escola estudar inglês. Para quê? Moro na Irlanda. De todo modo, tenho 15 anos, o bastante para abandonar a escola. Hoje é noite de lua cheia, e vou fazer um feitiço para ver o futuro. Espero que isso me diga se devo ou não continuar na escola. No entanto é difícil prever o futuro.

Há outra coisa que quero ver: Angus. Será que ele é meu mùirn beatha dàn? No Beltane, ele me puxou para trás do espantalho, me beijou e disse que me amava. Não sei o que sinto por ele. Achei que eu gostasse de David O'Hearn. Mas ele não é um de nós — não é um bruxo de sangue —, e Angus é. Para cada um de nós, há apenas outro com quem devemos estar: nosso mùirn beatha dàn.

Para Ma, era Da. Quem é o meu? Angus diz que é ele. Se for, não tenho escolha, tenho?

Para previsões: não uso muito a água — é mais fácil, porém menos confiável. Você sabe, uma vasilha rasa com água limpa, olhe para ela sob o céu aberto ou perto de uma janela. Você verá as coisas com facilidade, mas muitas vezes estará errado. Acho que é só procurar encrenca.

A melhor maneira de prever o futuro é com uma leug, como jaspe ou hematita, ou cristal, mas é difícil encontrá-las. Elas mostram as coisas mais verdadeiras, mas prepare-se para algumas que você não vai querer ver ou saber. Ler as pedras é bom para ver coisas que estão acontecendo em algum outro lugar, como dar uma olhada na pessoa amada ou nos inimigos durante uma batalha.

Eu costumo usar fogo, um elemento imprevisível. Mas sou feita de fogo, somos um só, por isso ele fala comigo. Se vejo alguma coisa, pode ser passado, presente ou futuro. É claro que o futuro é apenas uma possibilidade entre tantas outras. Mas o que vejo no fogo é verdadeiro, tão verdadeiro quanto é possível ver.

Eu amo o fogo.

— Bradhadair

Corro pela grama congelada, que estala de leve sob meus pés. A porta da frente se abriu atrás de mim, mas eu já estava deslizando para o congelante assento de vinil do meu Valient 71, Das Boot, e ligando o motor.

— Morgana! — gritou meu pai, enquanto eu saía com o carro guinchando e engasgando como um bote em águas agitadas.

Então acelerei para a frente e, pelo retrovisor, vi meus pais no gramado da frente. Mamãe deslizava para o chão; papai tentava fazer com que ela se levantasse. Caí no choro enquanto dirigia rápido demais para Riverdale.

Soluçando, sequei as lágrimas com uma das mãos, depois limpei o nariz na manga. Liguei a calefação de Das Boot, mas é claro que demorou uma eternidade para aquecer.

Eu já virava na rua de Bree antes de me lembrar de que não éramos mais amigas. Se ela não tivesse deixado aqueles livros na minha varanda, não saberia que fui adotada. Se Cal não tivesse surgido entre nós, ela jamais teria deixados os livros na minha varanda.

Chorei ainda mais, meu corpo se sacudindo com os soluços, girei o carro, fazendo um retorno forçado, logo antes de chegar à garagem da casa dela. Então pisei fundo e dirigi, com o único objetivo de ir para muito, muito longe.

Quando minha visão tornou a clarear, eu tinha conseguido pescar uma velha caixa de lenços debaixo do banco. Papéis úmidos e amassados se amontoavam no banco do carona e cobriam o chão. Eu acabara dirigindo para o norte, para fora da cidade. A estrada seguia por um vale baixo, e a neblina da manhã se adensava junto ao asfalto. O Das Boot a atravessou como um tijolo jogado contra as nuvens. A distância, vi uma grande sombra escura a um lado da estrada. Era o carvalho sob o qual tínhamos estacionado na noite anterior, para o Samhain. Onde eu havia parado da primeira vez que participei de um círculo com Cal, semanas antes. Onde a Magia encontrara a minha vida.

Sem pensar, fiz o carro sair da estrada e, aos trancos, atravessei o campo, até parar sob os galhos baixos do carvalho. Ali eu estava escondida pela neblina, pela árvore. Desliguei o motor, me debrucei sobre o volante e tentei parar de chorar.

Adotada. Cada exemplo, cada detalhe que mostravam como eu era diferente de minha família se apresentavam à minha frente, zombando de mim. Ontem, eram apenas brincadeiras de família — como eles três são como as cotovias, e eu sou uma coruja; como são naturalmente alegres, e eu, mal-humorada. Como mamãe e Mary K. são curvilíneas e simpáticas, e eu, reta e intensa. Nesse momento, ao lembrar dessas piadas, uma a uma, elas me causavam ondas de dor.

— Droga! Droga! Droga! — gritei, batendo os punhos contra o volante de metal. — Droga! — Soquei o volante até minhas mãos ficarem dormentes, até ter esgotado todos os xingamentos que eu conhecia, até esfolar a garganta.

Então chorei de novo, deitando o banco. Não sei quanto tempo fazia que eu estava ali, escondida no casulo do meu carro, em meio à névoa. De vez em quando, ligava a calefação, para me manter aquecida. Minhas lágrimas embaçavam as janelas e se condensavam.

Aos poucos, meus soluços foram se suavizando até se tornarem um tremor ocasional. Ah, Cal, pensei. Preciso de Cal. Assim que pensei isso, um verso me veio à mente: *Em minha mente, eu o vejo aqui. Preciso de você na hora da dor. Venha agora até mim. Encontre-me, seja onde for.*

Eu não sabia de onde isso viera, mas a essa altura já estava acostumada ao surgimento de pensamentos estranhos. Eu me sentia mais calma ao ouvir o verso, por isso o repeti várias vezes. Pousei o braço sobre os olhos, rezando desesperadamente para que eu acordasse em casa, na minha cama, e descobrisse que tudo tinha sido um pesadelo.

Minutos depois, pulei de susto quando alguém bateu na janela do carona. Abri os olhos depressa e me sentei, então desembacei um pouco o vidro e vi Cal, parecendo sonolento, amarrotado e incrivelmente lindo.

— Você me chamou? — perguntou ele, e meu coração se encheu de luz. — Deixe-me entrar, estou congelando aqui fora.

Funcionou, pensei, admirada. Eu o chamei com meus pensamentos. Magia.

Inclinei-me para destrancar a porta e depois abri espaço para ele. Cal deslizou para o banco ao meu lado, e foi incrivelmente natural estender os braços para ele e senti-lo me tomando nos seus.

— Qual é o problema? — perguntou ele, a voz abafada pelos meus cabelos. — O que está havendo? — Ele me afastou um pouco e estudou meu rosto manchado pelas lágrimas.

— Sou adotada! — disparei. — Esta manhã, falei para minha mãe que sou uma bruxa de sangue, então ela também devia ser, e meu pai e minha irmã também. Eles disseram que não, que não era verdade. Então corri para o andar de baixo para ver minha certidão de nascimento, e havia o nome de outra mulher... não o da minha mãe.

Comecei a chorar de novo, mesmo constrangida por ele me ver daquele jeito. Cal me puxou para mais perto e segurou minha cabeça em seu ombro. Era tão reconfortante que parei de chorar quase imediatamente.

— É um jeito difícil de descobrir

Ele beijou minha testa, e um pequeno estremecimento de prazer percorreu minha espinha. É um milagre, pensei: ele ainda me ama, mesmo hoje. Não era um sonho.

Ele se afastou, e nós nos olhamos na luz indistinta. Eu não conseguia me acostumar à beleza de Cal. Sua pele era lisa e bronzeada, mesmo em novembro. Seu cabelo era grosso sob meus dedos, escuro e com mechas cor de amêndoas. Seus olhos eram cercados por cílios pretos e espessos, e a íris dourada era tão ardente que parecia irradiar calor.

Fiquei constrangida ao perceber que ele me analisava do mesmo modo que eu o analisava. Um sorrisinho se formou no canto de seus lábios.

— Saiu às pressas, não foi?

Foi então que percebi que ainda usava meu colete de lã de futebol grande demais e um velho macacão ceroula do meu pai, com uma abertura na frente e tudo. Nos pés, usava um grande par de pantufas marrons em forma de pata de urso. Cal se inclinou para baixo e fez cosquinha nas garras. Pensei nos baby-dolls de seda que Bree usava para dormir e, com uma pontada de ciúmes, lembrei-me de que ela dissera ter ido para a cama com Cal. Estudei seus olhos, perguntando-me se aquilo era verdade e se eu aguentaria ter a confirmação.

Mas ele estava ali agora. Comigo.

— Você é a melhor coisa que vi a manhã inteira — disse Cal, baixinho, acariciando meu braço. — Estou feliz por ter me chamado. Senti sua falta ontem à noite, depois que fui para casa.

Desviei os olhos para baixo, pensando nele deitado em sua cama grande e romântica, com cortinas esvoaçantes e velas bruxuleando em volta. Ele tinha pensado em mim deitado ali.

— Escute, como você sabia o modo de me chamar? Leu isso num livro?

— Não — respondi, tentando me lembrar. — Acho que não. Eu estava apenas sentada aqui, sofrendo, e pensei que, se você estivesse comigo, eu me sentiria melhor. Então um verso me veio à mente, então o pronunciei.

— Hum — murmurou Cal, pensativo.

— Não deveria ter feito isso? — perguntei, confusa. — Às vezes, as coisas simplesmente surgem na minha cabeça desse jeito.

— Não, tudo bem — respondeu Cal. — Isso só prova que você é forte. Tem lembranças ancestrais dos feitiços. Nem todos os bruxos as têm. — Ele assentiu, pensando. — Mas me conte mais. Seus pais nunca falaram sobre isso antes, sobre você ser adotada? — Ele mantinha o braço nas costas do banco, acariciando meu cabelo e massageando meu pescoço.

— Não. — Balancei a cabeça. — Nunca. E seria de imaginar que já tivessem contado... sou tão diferente deles!

Cal inclinou a cabeça, olhando para mim.

— Não conheço seus pais — disse. — Mas você não se parece muito com sua irmã, é verdade. Mary K. parece doce. — Ele sorriu. — Ela é bonita.

O ciúme começou a arder no meu peito.

— Você não tem uma aparência doce — prosseguiu ele. — Você parece séria. Profunda. Como se estivesse pensando. E é mais marcante do que bonita. É o tipo de garota que não se percebe que é bonita até que se olhe bem de perto. — A voz dele foi sumindo, e Cal levou sua cabeça para bem perto da minha. — E então, de repente, você percebe — sussurrou. — E pensa: Deusa, por favor, faça com que ela seja minha.

Seus lábios tocaram os meus de novo, e meus pensamentos se embaralharam. Passei os braços em volta dos ombros de Cal e o beijei tão profundamente quanto eu sabia, puxando-o para perto. Tudo o que eu queria era estar com ele, nunca mais me separar.

Passaram-se alguns minutos durante os quais tudo o que ouvi foi a nossa respiração, nossos lábios se unindo e se separando, o assento de vinil rangendo quando nos mexíamos mais para perto um do outro. Em pouco tempo Cal estava deitado em cima de mim, seu peso me apertando contra o banco. Sua mão deslizava para cima e para baixo na lateral do meu corpo, pelas minhas costelas e pela curva do meu quadril. Então deslizou pela borda do meu colete, quente contra meu seio, e ondas de choque me atravessaram.

— Pare! — exclamei, quase assustada. — Espere.

Minha voz pareceu ecoar no carro silencioso. Cal afastou a mão na mesma hora. Ele ergueu o corpo, olhando fundo nos meus olhos, então se recostou na porta do motorista. Parecia ofegante.

Eu estava muito envergonhada. Sua idiota, pensei. Ele tem quase 18 anos! Sem dúvida já fez sexo. Talvez até com Bree, acrescentou uma vozinha.

Balancei a cabeça.

— Desculpe-me — pedi, tentando soar casual. — É que fui pega de surpresa.

— Não, não. *Eu* que peço desculpas. — Ele estendeu a mão e pegou a minha, e fiquei impressionada com seu calor, sua força. — Você me chama aqui, e eu pulo em cima de você. Não devia ter feito isso. Sinto muito. — Ele levou meus dedos aos lábios e os beijou. — O fato é que quero beijá-la desde que a conheci. — Ele sorriu de leve.

Eu me acalmei.

— Também queria beijar você — confessei.

Ele sorriu.

— Minha bruxinha — disse Cal, deslizando o dedo pelo meu rosto, deixando um rastro fino de calor. — Como você contou à sua mãe que era uma bruxa de sangue?

Suspirei.

— Hoje de manhã ela encontrou uma pilha de livros sobre Wicca e magia na varanda. Ela entrou no meu quarto gritando, dizendo que aquilo era blasfêmia. — Eu parecia mais controlada que de fato me sentia ao me lembrar daquela cena terrível. — Achei que ela estava sendo muito hipócrita... Quero dizer, se eu sou uma bruxa de sangue, então ela e meu pai também tinham que ser. Certo?

— Mais ou menos. Sem dúvida, no caso de alguém com poderes tão fortes quanto os seus, ambos os pais teriam que ser.

Franzi a testa.

— E quanto a apenas um dos pais?

— Um homem comum e uma bruxa não podem conceber um filho — explicou ele. — Um bruxo pode engravidar uma mulher comum, mas é uma coisa consciente. E o filho deles teria, no máximo, poderes muito fracos, ou talvez nenhum. Não é o seu caso.

Senti como se tivesse conquistado alguma coisa: eu era uma bruxa poderosa.

— Ok — disse Cal. — Mas por que seus livros estavam na varanda? Você os estava escondendo?

— Sim — digo, amarga. — Na casa da Bree. Hoje de manhã, ela os deixou na minha varanda. Porque eu e você nos beijamos ontem à noite.

— O quê? — perguntou Cal, uma expressão sombria atravessando seu rosto.

Dei de ombros.

— A Bree realmente... queria você. Ainda quer. E ontem, quando você me beijou, sei que ela achou que eu a tivesse traído. — Engoli em seco e olhei pela janela. — Eu a *traí* — falei baixinho. — Eu sabia o que ela sentia por você.

Cal abaixou o olhar. Ele pegou uma longa mexa do meu cabelo e deu várias voltas com ela no dedo.

— O que *você* sente por mim? — perguntou após um instante.

Na última noite, ele me dissera que me amava. Olhei para além dele, para o sol de novembro que vencia a neblina. Respirei fundo, tentando acalmar minha pulsação que tinha acelerado de repente.

— Eu te amo. — Minha voz soou como um sussurro rouco.

Cal ergueu os olhos e me encarou. Seus olhos estavam muito brilhantes.

— Também te amo. Lamento que Bree esteja magoada, mas só porque ela sente algo por mim não significa que vamos ficar juntos.

Isso te impediu de dormir com ela? Quase perguntei, mas não consegui me obrigar a fazer isso. Não tinha certeza se realmente queria saber.

— E lamento que ela esteja te culpando por isso. — Fez uma pausa. — Então sua mãe encontrou os livros e gritou. Você achou que ela estava escondendo o fato de que era uma bruxa, certo?

— Isso. Não só ela, mas meu pai e minha irmã também. Mas meus pais ficaram enlouquecidos quando falei isso. Nunca os vi tão chateados. E aí eu perguntei: então o quê? Eu sou *adotada*? E eles ficaram com aquelas expressões horríveis. Não iriam me responder. E de repente eu tinha que saber. Então desci correndo a escada e olhei minha certidão de nascimento.

— E havia um nome diferente.

— Sim. Maeve Riordan.

Cal se sentou mais ereto, alerta.

— Sério?

Eu o encarei.

— Por quê? Reconhece o nome?

— Soa familiar. — Ele olhou pela janela, pensando, franzindo o cenho, então balançou a cabeça. — Não. Talvez não. Não consigo localizá-lo.

— Ah. — Tentei esconder minha decepção.

— O que você vai fazer agora? Quer ir para a minha casa? — Ele sorriu. — Poderíamos nadar um pouco.

— Não, obrigada — respondi, lembrando-me quando todos os integrantes do círculo mergulharam nus em sua piscina. Fui a única que ficou de roupa.

Cal riu.

— Fiquei decepcionado naquela noite, sabia? — disse, olhando para mim.

— Não, não ficou — respondi, cruzando os braços na frente do peito.

Ele deu uma risadinha baixa.

— Sério, você quer ir até lá? Ou quer eu que eu vá até a sua casa, para ajudá-la a conversar com seus pais?

— Obrigada — respondi, tocada por sua oferta. — Mas acho que eu apenas deveria voltar sozinha. Com alguma sorte, eles terão ido à igreja. É Dia de Todos os Santos.

— O que é isso? — perguntou Cal.

Lembrei-me de que ele não era católico; nem mesmo cristão.

— Dia de Todos os Santos. É o dia seguinte ao Dia das Bruxas. É um dia especial para os católicos. É quando vamos cuidar dos túmulos de nossos parentes no cemitério. Aparar a grama, levar flores frescas.

— Legal — disse Cal. — É uma boa tradição. Interessante ser no dia seguinte ao Samhain. Mas parece que muitas das festas cristãs vieram das celebrações da Wicca, muito tempo atrás.

Assenti.

— Eu sei. Mas, por favor, não diga isso aos meus pais. Aliás, é melhor eu ir para casa.

— Tudo bem. Posso ligar para você mais tarde?

— Pode — respondi. Não pude conter um sorriso.

— Acho que vou usar o telefone — disse ele, sorrindo.

Pensei em como ele tinha vindo quando recitei o verso. Ainda estava impressionada que aquilo tivesse funcionado.

Ele saiu do Das Boot para o ar frio e cortante de novembro. Caminhou até seu carro e partiu enquanto eu acenava.

Meu mundo se inundou com a luz do sol. Cal me amava.

4

Maeve

7 de fevereiro de 1978.

Há duas noites alguém pichou "Bruxos malditos" na lateral da loja de Morag Sheehan. Mudamos o ponto de encontro do nosso círculo para junto dos penhascos, bem longe dali, na costa.

Ontem à noite, bem tarde, Mathair e eu fomos à loja de Morag. Ainda bem que era lua nova — nenhuma luz e um momento propício para feitiços

Rito de Cura, Proteção contra o Mal e Purificação

1. Desenhe um círculo completo em volta do que quer proteger. (Tive que incluir a loja de doces do velho Burdock, porque os prédios são geminados.)
2. Purifique o círculo com sal. Não usamos velas nem incensos, mas sal, água e terra.
3. Invoque a Deusa. Usei meus braceletes de cobre e segurei um pedaço de enxofre, um pedaço de mármore do jardim, um pedaço de madeira petrificada e uma lasca de concha.

Então Ma e eu dissemos (baixinho): "Deusa, lance sobre nós seu olhar, com sua proteção abençoe este lugar, Morag é uma serva fiel, proteja-a dos que têm intenção cruel." Então invocamos a Deusa e o Deus, e demos três voltas na loja.

Ninguém nos viu, posso garantir. Ma e eu fomos para casa, nos sentindo fortes. Isso deve ajudar a proteger Morag. — Bradhadair.

Dirigi devagar pela minha rua, olhando à frente ansiosa, como se meus pais ainda pudessem estar parados no gramado na frente da nossa casa. Quando estava perto o bastante, vi que o carro de papai tinha saído. Imaginei que eles tivessem ido à igreja.

Dentro da casa estava tudo calmo e silencioso, embora eu ainda sentisse no ar as vibrações dos acontecimentos daquela manhã, como uma fragrância.

— Mãe? Pai? Mary K.? — chamei.

Não houve resposta. Vaguei lentamente pela casa e vi o café da manhã intocado sobre a mesa da cozinha. Desliguei a cafeteira. O jornal estava cuidadosamente dobrado, claramente não fora lido. Nada ali indicava uma manhã de domingo normal.

Percebendo que aquela era minha chance, corri para o escritório. Mas a certidão de nascimento rasgada tinha desaparecido, e os arquivos do meu pai estavam trancados pela primeira vez desde que pude me lembrar.

Movendo-me depressa, atenta aos sons que indicariam sua volta, vasculhei o resto do escritório. Não encontrei nada e me sentei de cócoras um instante, para pensar.

O quarto dos meus pais! Corri para o seu quarto bagunçado no andar de cima. Sentindo-me uma ladra, abri a primeira gaveta da cômoda. Joias, abotoaduras, canetas, marcadores de livros, velhos cartões de aniversário — nada incriminador, nada que me dissesse as coisas que eu precisava saber.

Batendo de leve o dedo nos lábios, olhei em volta. Havia porta-retratos com fotos minhas e de Mary K. bebês sobre a cômoda, e eu as estudei. Em uma delas, meus pais me seguravam com orgulho, uma Morgana gorducha, de nove meses, sorrindo e batendo palminhas. Em outra, mamãe, numa cama de hospital, segurando Mary K. recém-nascida, que parecia uma macaquinha pelada. Notei que nunca tinha visto uma foto minha recém-nascida. Nem uma sequer na maternidade, ou muito pequenininha, ou aprendendo a me sentar. Minhas fotos começam quando eu tinha, o quê? Cerca de oito meses? Nove? Seria essa a idade que eu tinha quando fui adotada?

Adotada. Ainda era uma ideia muito bizarra, mas eu já estava misteriosamente acostumada a ela. Isso explicava tudo, de certo modo. Mas, de outro, não. Apenas suscitava mais questões.

Dei uma olhada no meu livro do bebê, comparando ao de Mary K. No meu, minha data de nascimento e o peso ao nascer estavam registrados corretamente. Sob "Primeiras Impressões", mamãe escrevera: "Ela é tão incrivelmente linda. Tudo que eu esperava e com que sonhei por tanto tempo."

Fechei o livro. Como eles podiam ter mentido para mim todo esse tempo? Como puderam me fazer acreditar que eu era sua filha de verdade? Agora eu me sentia abalada, sem chão. Tudo em que eu acreditava parecia ser mentira. Como eu poderia perdoá-los?

Eles me deviam algumas respostas. Eu tinha o direito de saber. Afundei a cabeça nas mãos, sentindo-me cansada, velha e emocionalmente vazia.

Era meio-dia. Será que eles iriam almoçar no Widow's Diner depois da igreja? Ainda iriam ao cemitério depois deixar flores no túmulo dos Rowlands e dos Donovan, a família da minha mãe?

Talvez eles fossem. Provavelmente iriam. Voltei para a cozinha, pensando que eu deveria providenciar um almoço. Ainda não tinha comido nada. Mas ainda estava muito chateada para comer. Então peguei uma Coca Zero na geladeira. Em seguida me vi vagando pela sala onde ficava o computador.

Decidi fazer uma pesquisa. Franzi a testa para a tela. Como se escrevia mesmo o nome dela? Maive? Mave? Maeve? Eu me lembrava de que o sobrenome era Riordan.

Digitei Maeve Riordan. Apareceram 27 resultados. Com um suspiro, comecei a rolar a página. Uma fazenda de cavalos no oeste de Massachusetts. Uma médica em Dublin, se especializando em otologia. Um a um, passei por eles, lendo algumas linhas e fechando as janelas. Eu não sabia quando minha família voltaria para casa nem se eu os encararia quando chegassem. Minhas emoções estavam afloradas e, ainda assim, distantes, como se tudo aquilo estivesse acontecendo a outra pessoa.

Clique. Maeve Riordan. Autora de romances mais vendidos apresenta *Meu amor escocês*.

Clique. "Maeve Riordan" como parte de um endereço de email. Franzindo o cenho, cliquei no link. Era um site de genealogia, com links para outros sites do tipo. Legal. Parecia que o nome Maeve Riordan aparecia em três lugares. Cliquei no primeiro. Uma pequena árvore genealógica surgiu e, após alguns minutos, encontrei o nome Maeve Riordan. Infelizmente, essa Maeve Riordan tinha morrido em 1874.

Fui clicando em "voltar" e depois abri o outro link para Maeve, que me levou a um site sem data alguma, como se a árvore ainda estivesse sendo preenchida. Trinquei os dentes, frustrada.

A terceira é a vez da sorte, pensei e cliquei no último site. As palavras *Belwicket* e *Ballynigel* apareceram no alto da tela, numa letra rebuscada, de estilo irlandês. Era outra árvore genealógica, mas com muitos galhos separados, como se fosse mais uma floresta familiar ou como se as pessoas não tivessem encontrado elos entre esses parentes.

Procurei rapidamente por Maeve Riordan. Havia muitos Riordan. Então eu vi. *Maeve Riordan. Nascida no Imbolc, 1962, Ballynigel, Irlanda. Morta em Litha, 1986, Meshomah Falls, Nova York, Estados Unidos.*

Fiquei de queixo caído olhando para a tela. Imbolc. Litha. Esses eram *sabbats* Wicca. Essa Maeve Riordan tinha sido uma bruxa.

Senti uma súbita onda de calor pulsar em minha cabeça, fazendo minhas bochechas pinicarem. Balancei a cabeça e tentei pensar. 1986. Ela morreu no ano seguinte ao meu nascimento. E nasceu em 1962. O que faria com que tivesse a mesma idade da mulher citada na minha certidão de nascimento.

É ela, pensei. Tem que ser.

Cliquei em toda a tela, tentando encontrar links. Estava quase frenética. Precisava de mais informações. Mais. No entanto uma mensagem surgiu na tela: *Tempo de conexão expirado. A URL não responde.*

Frustrada, desliguei o computador. Então me sentei, batendo com uma caneta no lábio inferior. Pensamentos disparavam em minha mente. Meshomah Falls, Nova York. Eu conhecia de nome. Era uma cidadezinha não muito longe daqui, talvez a umas duas horas. Eu precisava ver os registros da cidade. Precisava ver os... jornais.

Dois minutos depois, eu pegara meu casaco e estava dentro do Das Boot, dirigindo para a biblioteca. Das três filiais da biblioteca de Widow's Vale, só a maior, no centro, abria aos domingos. Passei pelas portas de vidro e imediatamente me dirigi ao porão.

Não havia mais ninguém lá embaixo. O porão estava vazio exceto por fileiras e fileiras de livros, periódicos antigos, pilhas de livros que precisavam de reparos e quatro horríveis máquinas de microfilme pretas e cor de madeira.

Vamos, vamos, pensei, procurando entre os arquivos de microfilme. Levei vinte minutos para encontrar a gaveta com as edições antigas do *Meshomah Falls Herald*.

Outros entediantes quinze minutos tentando encontrar datas, desde o meu nascimento até cerca de oito meses depois. Por fim, puxei um envelope, liguei uma das máquinas e me sentei.

Deslizei pequeno cartão de filme para baixo da luz e comecei a procura.

Quarenta e cinco minutos depois, esfreguei a nuca. Agora eu sabia mais sobre Meshomah Falls, Nova York, do que qualquer pessoa poderia desejar. Era uma comunidade agrícola, menor e ainda mais entediante que Widow's Vale.

Não tinha encontrado nada sobre Maeve Riordan. Nem obituário nem nada. Bem, isso não era mesmo surpreendente. Talvez eu devesse me acostumar com a ideia de que nunca saberia nada sobre o meu passado.

Havia mais dois filmes para checar. Com um suspiro, voltei a me sentar, odiando aquela máquina.

Dessa vez, encontrei a matéria quase imediatamente. Os pelinhos da minha nuca se arrepiaram, e ali estava: Maeve Riordan. Ajeitando-me na cadeira, rolei de volta para o centro da página e espiei pelo visor. *Um corpo carbonizado quase irreconhecível foi identificado como sendo de Maeve Riordan, nascida em Ballynigel, Irlanda...*

Minha respiração ficou presa na garganta, e olhei para a tela. Seria ela?, perguntei-me de novo. Minha mãe biológica? Eu nunca tinha ido a Meshomah Falls. Nunca ouvira meus pais falarem sobre esse lugar. Mas Maeve Riordan tinha morado lá. E, de algum modo, morrera num incêndio em Meshomah Falls.

Fiquei surpresa ao me ver tremendo incontrolavelmente e fitando a tela com o olhar perdido. Dei uma lida rápida na pequena notícia.

Em 21 de junho de 1986, o corpo de uma jovem não identificada foi encontrado nas ruínas de um celeiro incendiado, numa fazenda abandonada em Meshomah Falls. Depois de uma análise de raios X da arcada dentária, o corpo foi identificado como sendo de uma tal Maeve Riordan, que morava numa pequena casa alugada e trabalhava no café local no centro da cidade. Maeve Riordan, 23 anos, nascida em Ballynigel, Irlanda, não era muito conhecida na cidade. Outro corpo encontrado no incêndio fora identificado como sendo de Angus Bramson, 25 anos, também de Ballynigel. Ninguém sabia por que eles estavam no celeiro. A causa do incêndio não fora esclarecida.

Dia 21 de junho deve ter sido a Litha naquele ano — a festa varia de acordo com o equinócio. Mas... e quanto a um bebê? Não dizia nada sobre uma criança.

Meu coração batia dolorosamente. Imagens de um sonho que eu tivera havia pouco, no qual estava num tipo de quarto rústico quando uma mulher me pegava e me chamava de seu bebê, passavam em flashes pela minha mente. O que tudo isso significava?

Desliguei a máquina abruptamente. Levantei-me tão depressa que me senti tonta e tive que me agarrar às costas da cadeira.

Eu tinha quase certeza de que essa Maeve Riordan havia me dado à luz. Por que me entregara para adoção? Ou será que só fui adotada depois que ela morreu? Será que

Angus Bramson era meu pai? Como o celeiro pegou fogo?

Movendo-me bem devagar, guardei todos os arquivos de microfilme onde os havia encontrado. Então, com as mãos nas têmporas, subi e saí da biblioteca. Lá fora, o dia estava cinzento e nublado, e o gramado da biblioteca, coberto de folhas de bordo amarelas. Era outono, e o inverno já estava a caminho.

As estações mudavam com uma graciosidade gradual, passando com suavidade de uma para outra. Mas minha vida, toda a minha vida, tinha mudado num único instante.

5
Motivos

Samhain, 31 de outubro de 1978.

Ma e Pa acabaram de dar uma olhada neste Livro das Sombras e disseram que era muito pobre. Preciso escrever com mais frequência; preciso explicar melhor os feitiços; preciso explicar os movimentos da lua, do sol, das marés, das estrelas. Perguntei por quê. Todo mundo sabe dessas coisas. Ma disse que era para os meus filhos, os bruxos que virão depois de mim. Do mesmo modo que ela e Pa me mostram seus livros — eles já têm uns cinco, aqueles livros pretos grossos no console da lareira. Quando eu era pequena, achava que fossem álbuns de fotos. Agora isso me faz rir — fotos de bruxos.

Mas, sabe, meus feitiços e minhas coisas estão na minha cabeça. Terei tempo de escrevê-los depois. Muito tempo. Quero escrever mais sobre meus pensamentos e minhas emoções. Mas não quero que meus pais leiam — quando chegaram à parte em que beijei Angus, eles perderam a cabeça! Mas eles conhecem Angus e gostam dele. Eles o veem com bastante frequência, sabem que o escolhi. Angus é bom, e que outra opção eu tenho aqui? Não é como se eu pudesse ficar com qualquer um, não se eu quiser viver minha vida, ter filhos e tudo mais. Sorte minha Angus ser tão doce.

Aqui está um bom feitiço para acabar com o amor: na lua minguante, pegue quatro fios de pelo de um gato preto, um gato sem nenhuma mancha branca. Pegue uma vela branca, pétalas secas de três rosas vermelhas e um pedaço de barbante. Escreva seu nome e o nome da pessoa que quer afastar em dois pedaços de papel, e amarre um em cada extremidade do barbante.

Vá para fora. (Funciona melhor sob a lua nova, ou na noite anterior à lua nova.) Monte seu altar; purifique seu círculo; invoque a Deusa. Fixe a vela branca e espalhe as pétalas em volta dela. Pegue os fios de pelo do gato e ponha cada um num dos pontos cardeais: norte, sul, leste e oeste. (Prenda-os com uma pedra se estiver ventando.) Acenda a vela e segure o meio do barbante esticado sobre a chama, uns dez centímetros acima. Então diga:

Como mingua a lua, mingua também o seu amor;
Sou uma águia, não seu pássaro cantor.
Outro rosto, mais belo que o meu surgirá
E na hora certa seu coração conquistará.

Repita isso até que o calor rompa o barbante e os dois nomes estejam separados para sempre. Não faça o feitiço quando estiver com raiva, porque seu amor realmente não será mais seu. Você tem que querer se livrar da pessoa para sempre mesmo.

P.S.: Os pelos de gato não fazem nada. Só os botei aí para dar um certo mistério.

— Bradhadair

Eu estava na cozinha, comendo uma lasanha requentada, quando meus pais e Mary K. chegaram, no fim da tarde. Eles me olharam como se tivessem encontrado um estranho na cozinha.

— Morgana — disse meu pai, pigarreando.

Seus olhos estavam vermelhos, e seu rosto parecia mais velho do que pela manhã. Seu cabelo preto que rareava fora penteado bem rente ao couro cabeludo, grande demais nas pontas. Seus óculos grossos, de armação de metal, o faziam parecer uma coruja.

— Quê? — respondi, surpresa com a calma fria da minha voz. Tomei um gole de refrigerante.

— Você está bem?

Era uma pergunta tão absurda, mas era típico do meu pai fazê-la.

— Bem, vejamos — falei, fria, sem olhar para ele. — Acabei de descobrir que sou adotada. Estava aqui pensando em como vocês dois mentiram para mim a vida inteira. — Dei de ombros. — Fora isso, estou bem.

Mary K. parecia prestes a cair em prantos. Na verdade, parece ter chorado o dia todo.

— Morgana — começou minha mãe —, talvez tenha sido errada a decisão de não lhe contar nada. Mas tivemos nossos motivos. Amamos você e ainda somos seus pais.

Não consegui mais manter a calma.

— Seus motivos?! — exclamei. — Tiveram bons motivos para não me contar o detalhe mais importante da minha vida? Não há bons motivos para isso!

— Morgana, pare — pediu Mary K., com um tremor na voz. — Somos uma família. Só quero que seja minha irmã. — Ela começou a chorar, e senti um nó na garganta.

— Também quero que você seja minha irmã — falei, me levantando. — Mas não sei mais o que está acontecendo... o que é real e o que não é.

Mary K. começou a soluçar e se atirou nos ombros de papai.

Minha mãe tentou se aproximar de mim, me abraçar, mas eu recuei. Não conseguia suportar tocá-la naquele momento. Ela pareceu ter tomado um golpe.

— Olhem, não vamos falar sobre isso agora — disse meu pai. — Precisamos de algum tempo. Todos estamos em choque. Por favor, Morgana, escute só uma coisa que vou lhe dizer: sua mãe e eu temos duas filhas a quem amamos mais que tudo no mundo. Duas filhas.

— Mary K. é filha de vocês — falei, detestando ouvir minha voz falhar. — Biológica. Eu não sou ninguém!

— Vocês duas são nossas filhas — disse papai. — E sempre serão.

Foi a coisa mais reconfortante que ele poderia ter dito, e me fez explodir em lágrimas. Eu estava tão exausta, física e emocionalmente, que me arrastei escada acima até meu quarto, deitei na cama e comecei a pegar no sono.

Enquanto estava meio acordada, meio sonhando, minha mãe entrou e se sentou na cama, ao meu lado. Acariciou meu cabelo, os dedos desfazendo os nós gentilmente. Isso me fez lembrar do meu sonho, de minha outra mãe. Talvez não fosse um sonho, pensei. Talvez fosse uma lembrança.

— Mãe — falei.

— Shhh, meu bem. Durma — sussurrou ela. — Eu só queria dizer que amo você e sou sua mãe, e você se tornou minha filha no segundo em que pus os olhos em você.

Balancei a cabeça, querendo protestar, dizer que aquilo não era verdade, mas eu já estava quase dormindo. Enquanto era arrastada para um torpor abençoado e profundo, tive consciência das lágrimas quentes que encharcavam meu travesseiro. Não sabia se eram minhas ou dela.

A manhã seguinte pareceu tão normal que chegou a ser bizarro. Como sempre, mamãe e papai acordaram e saíram cedo para trabalhar, antes mesmo de eu levantar. Como sempre, Mary K. gritou para que me apressasse enquanto eu me arrastava para o banho, tentando me preparar para o dia.

Mary K. estava pálida e tinha o rosto inchado, e ficou estranhamente quieta enquanto eu tomava uma Coca Zero e enfiava os livros na mochila.

— Quero que você pare com essa coisa que está fazendo — disse ela, tão baixinho que mal a ouvi. — Quero que nossa família volte a ser como antes.

Suspirei. Eu nunca tinha sido competitiva nem sentido ciúmes de Mary K. Sempre quis cuidar dela. Perguntei-me se as coisas mudariam agora. Não tinha ideia. Mas sabia que ainda detestava vê-la sofrendo.

— É tarde demais para isso — expliquei, baixinho. — E preciso saber a verdade. Houve segredos demais por muito tempo.

Mary K. levantou as mãos e as manteve assim por um momento, como se pensasse em algo para dizer. Mas não havia nada a ser dito e, no fim, simplesmente pegamos nossas mochilas e saímos em direção ao Das Boot.

Cal estava à minha espera na escola. Ele caminhou até o meu carro quando estacionei, e me encontrou assim que abri a porta. Mary K. olhou para ele, como se avaliasse seu envolvimento em tudo aquilo. Ele a encarou, calmo, simpático.

— Eu sou Cal — falou, estendendo a mão. — Cal Blaire. Acho que não fomos apresentados.

Mary K. olhou para ele.

— Sei quem você é — disse, sem apertar a mão dele. — Anda fazendo bruxaria com Morgana?

— Mary K.! — comecei, mas Cal ergueu a mão.

— Tudo bem — falou. — Sim, ando fazendo bruxaria com Morgana. Mas não estamos fazendo nada de errado.

— Errado para quem? — Mary K. soava como se tivesse mais de 14 anos.

Ela saiu do carro e passou por Cal. Foi imediatamente cercada por suas amigas, mas parecia triste e fechada. Perguntei-me se minha irmã contaria a elas. Então Baker Blackburn, seu namorado, apareceu. Eles saíram juntos.

— Como você está? — perguntou Cal e beijou minha testa. — Andei pensando em você. Liguei ontem à noite, mas sua mãe disse que você estava dormindo.

Vi algumas pessoas olhando para nós: Alessandra Spotford, Nell Norton, Justin Bartlett. É claro que estavam surpresos de ver Cal Blaire, um semideus, com Morgana Rowlands, a Garota que Provavelmente Ficaria Solteira para Sempre.

— É... acho que meu cérebro simplesmente apagou. Obrigada por ter ligado. Mais tarde te conto tudo.

Ele apertou meu ombro, e, juntos, caminhamos até onde o coven — éramos um coven agora, e não só um grupo de amigos — se reunia, nos bancos de cimento do lado leste da escola. O prédio de tijolos vermelhos parecia reconfortantemente familiar e imutável, mas essa era a única coisa que permanecia igual na minha vida.

Sete pares de olhos colaram em nós quando atravessamos o caminho de paralelepípedos. Procurei o rosto de Bree. Ela estudava atenciosamente suas botas de camurça marrons. Estava bonita e distante, tranquila e indiferente. Fazia duas semanas que ela era minha melhor amiga, a pessoa a quem eu mais amava depois da minha família, a pessoa que mais me conhecia.

Uma parte de mim ainda se importava com Bree; ainda queria confiar nela, por mais que isso fosse impossível. Pensei em contar meus problemas a uma de minhas outras amigas, como Tamara Pritchett ou Janice Yotoh, mas sabia que não poderia.

— Oi, Morgana, oi, Cal — cumprimentou Jenna Ruiz, o rosto tão aberto e amigável quanto sempre.

Ela me deu um sorriso sincero, e eu o retribuí. Matt Adler estava sentado ao lado dela, com o braço sobre seus ombros. Jenna tossiu, cobrindo a boca, e por um momento Matt olhou para ela preocupado. Ela balançou a cabeça e sorriu para ele.

— Oi, Jenna. Oi, pessoal — falei.

Raven Meltzer me olhava com um desgosto evidente. Seus olhos escuros, fortemente delineados com Kohl e salpicados de glitter, brilhavam com uma raiva secreta. Ela também queria Cal, como Bree. Como eu.

— O Samhain foi incrível — disse Sharon Goodfine, cruzando os braços sobre o peito largo, como se sentisse frio. Ela pronunciou a palavra corretamente: "sowen". — Eu me sinto tão diferente. Me senti assim o fim de semana inteiro. — Seu rosto cuidadosamente maquiado parecia pensativo, e não esnobe.

Sem pensar no que estava fazendo, abri meus sentidos gentil e cuidadosamente, sentindo as emoções das pessoas à minha volta. Foi como o que eu havia experimentado no círculo no cemitério, mas, dessa vez, estava no controle. Dessa vez, fiz de propósito.

Ocorreu-me, só de passagem, que talvez as emoções dos meus amigos fossem particulares e pertencessem só a eles.

Jenna era exatamente como parecia: aberta e de bom temperamento. Matt parecia igual, mas, bem no fundo, senti uma área sombria que ele guardava para si. Cal... Cal olhou para mim de relance, surpreso, como se minha rede de sentidos tivesse tocado sua mente. Quando o observei, senti uma súbita e quente onda de desejo emanando dele, então corei e recuei depressa. Ele me lançou um olhar, como se dissesse: "Bem, você pediu..."

Ethan Sharp foi interessante — um mosaico colorido de pensamentos e emoções, havia desconfiança, poesia e decepção. Sharon tinha uma quietude, um centro de tranquilidade que parecia novo. Havia também uma ternura hesitante, meio constrangida... por quem? Por Ethan?

Beth Nielson, a melhor amiga de Raven, parecia mais aborrecida e queria estar em outro lugar. Com meu melhor amigo depois de Bree, Robbie Gurevitch, foi assustador: uma mistura de raiva, desejo e uma emoção reprimida que definitivamente não se refletiam em seu rosto. A quem isso se dirigia? Eu não sabia dizer.

Mas foram Bree e Raven que quase me fizeram cair do banco. Ondas profundas e intensas de fúria e ciúme vinham das duas, direcionadas a mim e, em menor grau, a Cal. Com Raven eram só ondas irregulares de raiva, frustração e voracidade. Por conta de sua reputação de ser fácil, ela nunca tivera nada sério com ninguém. Talvez quisesse que Cal fosse esse cara.

Se os sentimentos de Raven eram arame farpado, os de Bree eram carvão de forja. Imediatamente eu soube que agora ela me odiava na mesma medida com que me amara duas semanas antes. Ela estivera desesperada por Cal. Talvez não fosse amor de verdade, mas era um desejo poderoso, sem dúvida. E ela nunca quisera um cara que também não a desejasse. Cal a magoara profundamente ao me escolher.

Todas essas impressões levaram apenas um momento. Um batimento cardíaco, e todo esse conhecimento estava dentro de mim

De repente me dei conta de que nenhuma daquelas pessoas, as pessoas no meu coven, sabia da minha adoção, exceto Cal. Era uma coisa tão importante, tão grande, tão impactante e assustadora, mesmo tendo acontecido em um único dia, ontem. E ontem fora apenas outro domingo para eles. Isso fez com que eu me sentisse desorientada e estranha.

— E aí — disse Bree, quebrando o silêncio, sem olhar para mim —, seus pais gostaram do novo material de leitura que receberam?

Pisquei. Se ela ao menos tivesse ideia do que sua vingança desencadeou. Tudo o que pude fazer foi balançar a cabeça e me sentar. Eu não confiava em mim para falar.

Bree deu um sorrisinho falso, ainda olhando para as botas.

Cal pegou minha mão, e eu apertei a sua.

— Do que você está falando, Bree? — perguntou Robbie.

Ele tirou os óculos grossos e esfregou os olhos. Sem os óculos, parecia uma pessoa diferente. O feitiço que eu fizera duas semanas antes tinha funcionado melhor do que eu imaginara. Sua pele, antes pontilhada por cicatrizes de acne, agora estava lisa e com uma boa textura, mostrando uma sombra da barba que crescia. Seu nariz era reto e clássico, quando antes era vermelho e inchado. Até seus lábios pareciam mais firmes, mais atraentes, embora eu não me lembrasse de como eram antes.

— Nada — disse Bree, alegre. — Não é importante.

Não, foi só a destruição da minha vida, pensei.

— Não importa — murmurou Robbie, esfregando os olhos. — Droga, alguém tem um Tylenol? Estou com uma dor de cabeça terrível.

— Eu tenho — disse Sharon, pegando a bolsa.

— Sempre prevenida, como uma boa escoteira — brincou Ethan, com um sorriso.

Sharon lançou-lhe um olhar e depois entregou dois comprimidos a Robbie, que os engoliu a seco.

Nosso coven tinha reunido jovens descolados e os perdedores, os cê-dê-efes e os esquisitos, os chapados e as princesas. Era interessante ver pessoas tão diferentes interagindo.

— Eu me diverti muito no sábado à noite — disse Cal, após um momento. — Fiquei feliz por todos vocês terem ido. Foi um bom jeito de celebrar a data mais importante da Wicca.

— Foi tão legal! — exclamou Jenna. — E Morgana foi incrível!

Eu me senti constrangida e dei um sorrisinho para meus joelhos.

— Foi impressionante mesmo — disse Matt. — Passei a maior parte do dia ontem na internet, vendo sites sobre Wicca. Há um milhão deles, e alguns são bem intensos.

Jenna riu.

— E alguns são tão bobos! Algumas dessas pessoas são tão esquisitas! E tem umas músicas péssimas!

— Eu gosto dos que tem chat — disse Ethan. — Se você entrar em um no qual as pessoas sabem do que estão falando, é muito interessante. Às vezes eles têm feitiços e coisas para baixar.

— Havia muita coisa sobre o Yule, daqui a alguns meses — disse Sharon.

— Talvez possamos fazer uma festa para o Yule — falei, metendo-me na conversa deles.

Então vi os olhares que Raven e Bree me lançavam: depreciativos, de superioridade, como se eu fosse uma irmã mais nova inconveniente em vez da estudante mais talentosa do nosso coven. Trinquei o maxilar e, nesse instante, vi uma grande folha de bordo retorcida que caía preguiçosamente. Sem pensar, peguei-a com a força da mente e a fiz flutuar até a cabeça de Raven.

Mantive o olhar na folha, segurando-a sobre seus cabelos pretos brilhosos. Então a folha pousou, muito suavemente, em sua cabeça, como um chapéu ridículo.

Ri abertamente, satisfeita comigo mesma, e os olhos de Raven se estreitaram, sem entender. Ela não podia sentir a grande folha assentada ali, como uma panqueca marrom, mas isso parecia absurdo.

Jenna viu a folha em seguida, e de repente todo o nosso coven estava olhando para Raven e sorrindo, exceto Cal.

— O que foi? — disparou Raven. — O que vocês estão olhando?

Até Bree teve que conter um sorriso ao tirar a folha da cabeça de Raven.

— Era só uma folha — falou.

Irritada, Raven pegou sua bolsa preta bem na hora que tocou o sinal.

Todos nos dirigimos para as salas. Eu ainda sorria quando Cal se inclinou para perto de mim e disse:

— Lembre-se da lei tríplice.

Tocou minha face com suavidade e então foi embora, em direção à entrada da escola, para o primeiro tempo de aula.

Engoli em seco. A lei tríplice da Wicca é um dos dogmas mais importantes dessa arte. Basicamente, diz que tudo o que você planta, seja bom ou ruim, volta para você triplicado, então sempre semeie o bem. Nunca o mal. Cal estava me dizendo (1) que ele sabia que eu tinha controlado a folha e (2) que sabia que eu tinha feito isso com má intenção. E não foi legal.

Respirando fundo, pus a alça da mochila nas costas.

Assim que Cal estava longe demais para ouvir, Raven disse em tom maldoso:

— Ok, então ele é seu... por enquanto. Mas quanto tempo você acha que isso vai durar?

— É — murmurou Bree. — Espere até Cal descobrir que você é virgem. Ele vai achar isso muito divertido.

Minhas bochechas arderam. De repente o vi ontem com a mão debaixo da minha blusa e como pulei.

Raven arqueou as sobrancelhas.

— Não me diga que ela é virgem!

— Ah, Raven, pare com isso — disse Beth, passando por ela.

Raven olhou por um instante, surpresa, então voltou sua atenção para mim.

Bree e Raven riram juntas, e encarei Bree. Como ela pôde revelar uma coisa tão íntima a meu respeito? Mantive a boca fechada como um túmulo e continuei andando para a aula... que era a mesma de Bree, claro.

— Ora, Raven — disse Bree, atrás de mim. — Qualquer um que olhe para ela pode ver que não é por *isso* que ele a quer.

Eu não podia acreditar. Bree, que sempre me dissera que eu era muito negativa com relação à minha aparência, que insistia que meu peito achatado não importava, que durante anos se esforçara para que eu me achasse atraente. Tinha se voltado contra mim completamente.

— Você sabe por que é, não sabe? — disse Raven. Será que as duas tinham alguma ideia de que eu estava pronta para matá-las?, me perguntei. — Cal a viu, e foi feitiço à primeira vista.

Corri para a aula, ouvindo os ecos de suas risadas flutuando atrás de mim. Aquelas *vacas*, resmunguei para mim mesma. Na sala, passei dez minutos sentada, tentando acalmar minha respiração e aliviar minha raiva.

Por apenas um instante, fiquei feliz de ter sido má com Raven. Poderia ter sido dez vezes pior. Não poderia evitar. Eu queria destruir Bree e Raven. Queria vê-las sofrer.

6
Procura

9 de janeiro de 1980.

Encontraram o corpo de Morag Sheehan ontem à noite. Caído no sopé dos penhascos, perto da fazenda do velho Jowson. A maré poderia tê-la levado, e nenhum de nós ficaria sabendo, mas a maré estava baixa por causa da lua. Assim, ela foi encontrada pelo jovem Billy Martin e por Hugh Beecham. A princípio, acharam que fosse o corpo carbonizado e decomposto de um marinheiro. Mas não era. Era apenas uma bruxa carbonizada.

É claro que o Belwicket se reuniu antes do amanhecer. Penduramos cobertores nas janelas pelo lado de dentro e nos reunimos em volta da mesa da cozinha de meus pais. A questão é: Ma e eu pusemos aquela forte proteção em Morag no ano passado, e, desde então, nada de errado acontecera com ela. Estava tudo na mais perfeita ordem.

"Você sabe o que isso significa", disse Paddy McTavish. "Nenhum humano poderia ter chegado perto dela, não *com aquele feitiço de proteção e todos os outros feitiços contra o mal que ela mesma estava fazendo."*

"O que você está dizendo?", perguntou Ma.

"Que ela foi morta por bruxos", respondeu Paddy.

Depois que ele disse isso, é claro que pareceu óbvio. Morag fora morta por bruxos. Teria sido um de nós? Com certeza não. Então há mais alguém na vizinhança, alguém sobre quem não sabemos? Alguém de outro coven?

Sinto frio ao pensar num mal tão grande.

No próximo círculo, tentaremos ver alguma coisa. Até lá, ficarei de olho atento a tudo e a todos. — Bradhadair

A primeira vez que tive uma oportunidade de contar a Cal sobre a minha pesquisa foi depois da aula. Ele foi comigo até o Das Boot, e paramos ao lado do carro para conversar.

— Descobri sobre Maeve Riordan — disparei. — Bem, pelo menos um pouquinho.

— Me conte — disse Cal, mas eu o vi olhando para o relógio.

— Você tem que ir?

— Daqui a pouco — disse ele, em tom de quem pede desculpas. — Minha mãe precisa que eu a ajude esta tarde. Um dos membros de seu coven está doente, e vamos fazer algo para curá-lo.

— Vocês sabem fazer isso? — Parecia que a cada dia eu descobria novas possibilidades da magia.

— Claro — respondeu Cal. — Não estou dizendo que vamos curá-lo definitivamente, mas ele vai ficar bem melhor do que se não trabalhássemos nele. Mas me conte o que descobriu.

— Fiz uma pesquisa na internet. Encontrei vários becos sem saída, mas encontrei seu nome num site de genealogia, que me levou a um artigo do *Meshomah Falls Herald*. Então fui pesquisar na biblioteca.

— Onde fica Meshomah Falls?

— A apenas algumas horas daqui. Bem, o artigo dizia que um corpo carbonizado tinha sido identificado como sendo de Maeve Riordan, nascida em Ballynigel, Irlanda. Ela tinha 23 anos.

Cal franziu a sobrancelha.

— Você acha que é ela? — perguntou.

Assenti.

— Acho que deve ser. Quero dizer, havia outras Maeve Riordan. Mas esta morava perto daqui e a cronologia bate... Quando ela morreu, eu tinha cerca de sete meses.

— O artigo mencionava um bebê?

Neguei com a cabeça.

— Hum... — Ele acariciou meu cabelo. — Será que há outro lugar onde possamos obter informações? Vou pensar nisso. Você vai ficar bem? Não quero ir embora, mas tenho que ir.

— Estou bem — falei, encarando seu rosto, saboreando o fato de que ele se importava comigo. E não só porque eu era uma bruxa de sangue como ele. Raven e Bree só estavam com ciúmes, não sabiam do que estavam falando.

Nos beijamos, e Cal foi para o seu carro. Eu o vi se afastar.

Um movimento chamou minha atenção, dei uma espiada e vi Tamara e Janice prestes a entrar no carro de Tamara. Elas sorriram para mim e levantaram as sobrancelhas de um modo sugestivo. Tamara me cumprimentou com um sinal de positivo com o polegar. Sorri de volta, sem graça, mas feliz. Quando elas saíram, ocorreu-me que deveríamos tentar ir ao cinema juntas um dia desses.

— Matando o clube de xadrez? — Era a voz de Robbie.

Pisquei e olhei em volta, para ver Robbie vindo a passos largos na minha direção, a luz do sol refletindo em seus óculos. Seu cabelo castanho bagunçado, que no mês passado parecia tão feio, agora parecia rebelde, na moda.

Pensei por um momento.

— Estou — respondi. — Não sei... xadrez agora parece tão sem sentido.

— Não o xadrez em si — disse Robbie, seus olhos azul-acinzentados sérios por trás dos óculos. — O xadrez em si ainda é fascinante. É lindo como um cristal.

Eu me preparei para um dos sermões de Robbie sobre xadrez. Ele é quase apaixonado pelo jogo. Mas ele disse apenas:

— É só essa coisa de clube que não tem mais sentido. A escola. — Olhou para mim. — Depois que você vê uma amiga sua fazer uma flor desabrochar, a escola e os clubes e tudo mais parecem meio... bobo.

Eu me senti ao mesmo tempo orgulhosa e sem graça. Eu amava a ideia de ter um dom, de minha herança estar se manifestando em minhas habilidades. Mas eu também havia me acostumado a me misturar à paisagem, não causar agitação, era feliz em ficar à sombra de Bree. Era difícil me acostumar a chamar tanta atenção.

— Você vai para casa? — perguntou Robbie.

— Não sei. Não estou muito a fim — respondi.

De fato, a ideia de encarar meus pais fez meu estômago revirar. Então tive uma ideia melhor:

— Ei, você quer ir à Magia Prática? — Senti um misto de culpa e prazer ao fazer essa sugestão. Minha mãe definitivamente não aprovaria que eu fosse a uma loja Wicca. Mas e daí? Isso não era problema meu.

— Legal — disse Robbie. — Depois passamos na sorveteria. Deixe seu carro aqui, e eu a trago de volta para buscá-lo.

— Combinado.

Enquanto eu percorria a rua a caminho do carro de Robbie, vi de relance o cabelo castanho e liso de minha irmã. Olhando de novo, dei com Mary K. e Bakker embolados contra a lateral do prédio de biologia. Meus olhos se estreitaram. Era muito bizarro ver minha irmã de 14 anos dando uns amassos em alguém.

— Aí, Bakker — murmurou Robbie, e dei um soco no braço dele.

Não pude evitar olhar para ele conforme nos aproximávamos do fusca vermelho-escuro de Robbie. Vi Mary K. rindo, se contorcendo para se livrar dos braços de Bakker. Ele a seguiu e a pegou de novo.

— Bakker! — gritou Mary K., seu cabelo voando.

— Mary K.! — berrei de repente, sem saber por quê.

Ela ergueu os olhos, ainda nos braços dele.

— Oi.

— Vou pegar uma carona com Robbie — falei, apontando para ele.

Ela assentiu e inclinou a cabeça na direção do namorado.

— Bakker vai me levar em casa. Não vai? — perguntou a ele.

Ele cheirou o pescoço dela.

— O que você quiser.

Reprimindo um certo desconforto, entrei no carro de Robbie.

A viagem rumo ao norte até Red Kill durou apenas uns 25 minutos. Perto do Das Boot, o carro de Robbie parecia pequeno e intimista. Notei que Robbie estreitava e esfregava os olhos.

— Você tem feito isso com frequência ultimamente — falei.

— Meus olhos estão me matando. Preciso de óculos novos — disse ele. — Minha mãe marcou uma consulta para amanhã.

— Que bom.

— Do que a Bree estava falando hoje de manhã? — perguntou. — Quando se referiu ao novo material de leitura dos seus pais.

Franzi o nariz e suspirei.

— Bem, Bree está mesmo muito zangada comigo — falei, uma declaração óbvia. — É por causa do Cal... ela queria sair com ele, e ele queria sair comigo. Então agora ela me odeia, acho. Enfim... você sabia que eu estava guardando meus livros sobre Wicca na casa dela?

Robbie assentiu, os olhos fixos na estrada.

— Ela os deixou na minha varanda ontem de manhã — expliquei. — Minha mãe ficou uma fera. Foi uma confusão e tanto. — Resumi de modo muito inadequado.

— Puxa — disse Robbie.

— É.

— Eu sabia que Bree gostava de Cal — falou Robbie. — Não achei que eles fossem formar um belo par.

Sorri para ele, distraída.

— Bree formaria um belo par com qualquer um. Mas, enfim, não vamos falar sobre isso. As coisas foram meio que... terríveis. A única coisa boa é que Cal e eu estamos juntos, e isso é realmente incrível.

Robbie olhou para mim de relance e assentiu.

— Humm...

— Hum, o quê? — perguntei. — Você quer dizer "humm, isso é ótimo" ou "humm, não sei, não"?

— Está mais para "humm, isso é complicado", acho. Você sabe, por causa de Bree e tudo mais.

Eu o encarei, mas ele tinha voltado a olhar para a estrada, e não consegui ler seu perfil.

Olhei pela janela. Queria falar de um assunto que ainda não tínhamos realmente discutido.

— Robbie, sinto muito mesmo por aquele feitiço. Você sabe. Aquele para a sua pele.

Ele passou a marcha sem dizer nada.

— Nunca mais farei isso — prometi mais uma vez.

— Não diga isso. Só me garanta que não vai fazer sem antes me avisar — disse ele enquanto estacionava o fusca numa vaga apertada. Ele se virou para mim. — Fiquei muito chateado por você ter feito aquilo sem me dizer nada. Mas, pelo amor de Deus, olhe para mim. — Ele apontou seu novo rosto lisinho. — Nunca imaginei que eu pudesse ter esta aparência. Achei que teria cara de pizza para sempre. E cicatrizes horrorosas por toda a vida. — Ele olhou para fora, por cima do volante. — Agora quando me olho no espelho fico feliz. As garotas olham para mim... garotas que antes me ignoravam ou tinham pena de mim. — Ele deu de ombros. — Como eu poderia ficar chateado com isso?

Estiquei a mão e toquei seu braço.

— Obrigada.

Ele sorriu para mim e abriu a porta.

— Vamos entrar em contato com nossos bruxos interiores.

Como sempre, a Magia Prática estava na penumbra e recendia ervas, óleos e incenso. Depois do ar frio de novembro, a loja parecia morna e acolhedora. O interior era dividido em dois ambientes, um com estantes de livros que iam do chão ao teto, e o outro cheio de prateleiras abarrotadas de velas, ervas, óleos essenciais, objetos para altar e símbolos mágicos, adagas de ritual chamadas *athames*, túnicas, pôsteres e até ímãs de geladeira de tema Wicca.

Deixei Robbie olhando os livros e fui à seção de ervas. Aprender a trabalhar com elas poderia levar a minha vida inteira e mais um pouco, pensei. Essa ideia era assustadora, mas também excitante. Eu tinha usado ervas no feitiço que curou a acne de Robbie, e me sentira quase transportada no jardim de ervas da abadia de Killburn, quando fui lá com o passeio da igreja.

Eu estava olhando um guia de plantas mágicas do nordeste quando senti um formigamento. Erguendo os olhos, vi David, um dos balconistas da loja. Fiquei tensa. Ele sempre me levava ao limite, e eu não sabia dizer por quê.

Eu me lembrava de como ele tinha me perguntado a que clã eu pertencia e como dissera a Alyce, a outra balconista, que eu era uma bruxa que fingia não ser bruxa.

Agora eu o olhava com cautela enquanto ele se aproximava de mim, seu cabelo grisalho e curto parecendo prateado sob as lâmpadas fluorescentes da loja.

— Algo em você mudou — disse ele com a voz suave, os olhos castanhos fixos em mim.

Pensei no Samhain, quando a noite havia explodido à minha volta, e no domingo, quando minha família fora destruída. Não falei nada.

— Você é uma bruxa de sangue — declarou ele, assentindo, como se estivesse apenas confirmando algo que eu dissera. — E sabe disso.

Como ele sabia?, perguntei-me com um traço de medo.

— Você ficou surpresa mesmo? — perguntou.

Olhei em volta, em busca de Robbie. Ele ainda estava perto dos livros.

— Sim, eu meio que fiquei surpresa — admiti.

— Você tem o seu Livro das Sombras?

— Comecei um — falei, pensando no lindo caderno em branco com papel marmorizado que eu havia comprado algumas semanas antes.

Eu havia escrito nele o feitiço que fizera para Robbie e também sobre minhas experiências no Samhain. Mas por que David queria saber?

— Você tem o livro do seu clã, do seu coven? — insistiu ele. — O da sua mãe?

— Não — respondi, direta. — Sem chances.

— Sinto muito — falou, depois de um pausa.

Então um sino tocou, e ele se afastou para ajudar outro cliente a escolher algumas pedras.

Espiando o corredor, vi que a outra atendente, Alyce, estava agachada lá no final, arrumando algumas velas numa prateleira baixa. Ela era mais velha que David; uma mulher redonda, de ar maternal, com um belo cabelo grisalho, preso num coque frouxo no alto da cabeça. Eu tinha simpatizado com ela desde a primeira vez que a vira. Ainda segurando meu livro de ervas, desci o corredor e me aproximei.

Ela ergueu os olhos e sorriu por um instante, como se estivesse à minha espera.

— Como vai, querida?

Havia um mundo de significado em suas palavras, e, por um momento, senti que ela sabia tudo o que tinha acontecido desde que me ajudara a escolher uma vela, uma semana antes do Samhain.

Eu não sabia o que dizer.

— Péssima — disparei. — Acabei de descobrir que sou uma bruxa de sangue. Meus pais mentiram para mim a vida inteira.

Alyce assentiu.

— Então David estava certo — falou, a voz audível só para mim. — Também achei que você fosse uma.

— Como vocês sabiam?

— Nós nos reconhecemos — disse, como se fosse óbvio. — Também somos bruxos de sangue, embora não saibamos de que clã.

Eu a encarei.

— David é particularmente poderoso — prosseguiu Alyce. Suas mãos rechonchudas arrumavam as velas em forma de estrelas, luas e pentagramas.

— Você tem um coven? — sussurrei.

— Starlocket — disse Alyce. — Com Selene Belltower.

A mãe de Cal.

Robbie apareceu na ponta do corredor, a uns 10 metros de distância. Ele estava conversando com uma mulher jovem, que sorria para ele, flertando. Robbie tirou os óculos, esfregou os olhos e depois a respondeu. Ela riu, e eles voltaram para o corredor de livros. Ouvi o murmúrio de suas vozes. Por um instante, a curiosidade me fez querer me concentrar em suas palavras, mas então me lembrei de que só porque eu podia fazer isso não significava que eu deveria fazer.

Uma ideia de súbito surgiu em minha mente.

— Alyce, você sabe alguma coisa sobre Meshomah Falls? — perguntei.

Foi como se ela tivesse sido picada por uma cobra: literalmente caiu para trás, a angústia cruzando seu semblante. Franzindo a testa, ela se levantou devagar, como se carregasse um grande fardo.

Olhou em meus olhos.

— Por que pergunta? — Quis saber.

— Eu queria saber mais sobre... uma mulher chamada Maeve Riordan — falei. — Preciso descobrir mais a seu respeito.

Por um longo momento, Alyce sustentou meu olhar.

— Conheço esse nome.

7

Carbonizada

8 de maio de 1980.

Angus me pediu para casar com ele no Beltane. Eu disse não. Tenho só 18 anos e quase nunca saí de Ballynigel. Eu estava pensando em fazer um desses tours, sabe, com um ônibus, viajando um mês pela Europa. Amo Angus. E sei que ele é bom. Deve até ser meu mùirn beatha dàn, minha alma gêmea, mas quem sabe? Pode não ser! Às vezes sinto que é, às vezes, não. A questão é: como eu poderia saber? Conheci poucos bruxos de valor que não fossem meus parentes. Preciso ter certeza. Preciso saber mais antes de decidir ficar com ele para sempre.

— Aonde você vai? — perguntou ele. — Com quem vai ficar? Alguém que não é igual a você, como David O'Hearn? Um humano?

É claro que não. Se quero ter filhos, não posso ficar com um humano. Mas talvez eu não queira ter filhos. Não sei. Nosso clã não tem muitos membros. Deixar meu *clã para me unir a outro seria desleal. Mas selar meu destino aos 18 também seria desleal — a mim.*

E depois de tudo o que tem acontecido — o assassinato de Morag, os feitiços de má sorte, as runas enfeitiçadas (Mathair as chama de selos) que encontramos —, simplesmente não sei. Quero ir embora. Só mais três semanas, então farei as provas finais e terei terminado a escola. Mal posso esperar.

Agora está tarde e tenho que fazer um feitiço de proteção antes de dormir para manter o mal longe. Atualmente, todos nós os fazemos. — Bradhadair

Esperei enquanto Alyce vasculhava sua mente. Havia um banco alto ali perto, gasto e manchado por respingos multicoloridos de tinta. Eu me sentei nele, meus olhos ainda no rosto de Alyce.

— Não conheci Maeve Riordan — disse ela, por fim. — Nunca a conheci. Eu morava em Manhattan quando tudo aconteceu. Só fiquei sabendo anos mais tarde, quando me mudei para cá. Mas teve grande repercussão na comunidade Wicca, e a maioria dos bruxos daqui conhece essa história.

Era chocante que tantas pessoas conhecessem a história da minha mãe enquanto eu não sabia de praticamente nada. Aguardei, sem querer perturbar a linha de raciocínio de Alyce.

— Pelo que ouvi, a história é a seguinte — disse Alyce, e foi como sua voz viesse de muito longe até mim. — Maeve Riordan era uma bruxa de sangue, de um dos Sete

Grandes Clãs, mas não temos certeza de qual. Seu coven era chamado de Belwicket, e ela era de Ballynigel, Irlanda.

Assenti. Eu tinha visto as palavras Belwicket e Ballynigel no site com a genealogia de Maeve, o que estava fora do ar.

— O Belwicket era muito isolado e não interagia muito com os outros clãs ou covens — continuou Alyce. — Eram quase secretos, e talvez tivessem um motivo para sê-lo. De todo modo, nos anos 1970, início dos 1980, pelo que sei, Belwicket foi perseguido. Seus membros eram ridicularizados na rua pelos moradores da cidade; suas crianças, isoladas na escola. Ballynigel era uma cidade pequena, veja bem, pequena e próxima da costa oeste da Irlanda. Os habitantes eram principalmente fazendeiros e pescadores. Não eram seculares nem tinham muita instrução. Muito conservadores — explicou Alyce. Ela fez uma pausa, pensativa.

Em minha mente, eu via montes ondulantes tão verdes quanto esmeraldas. O ar salgado parecia beijar minha pele. Senti um cheiro enjoativo e marcante de algas marinhas, peixe e ainda um odor desagradável, porém confortável, que meu cérebro identificou como sendo de turfa, fosse lá o que isso fosse.

— Os habitantes provavelmente sempre viveram entre bruxos pacificamente, mas, por alguma razão, de vez em quando uma cidade se agita; as pessoas se assustam. Após meses de perseguição, uma bruxa local foi queimada até a morte e jogada de um penhasco.

Engoli em seco. Eu sabia de minhas leituras que a fogueira era o método tradicional de matar bruxas.

— Houve boatos de que outro bruxo, e não um humano, fizera aquilo — continuou Alyce.

— E quanto a Maeve Riordan? — perguntei.

— Ela era a filha da suma-sacerdotisa local, uma mulher chamada Mackenna Riordan. Aos 14 anos, Maeve se juntou ao Belwicket sob o nome de Bradhadair: a incendiária. Aparentemente, ela era muito, muito poderosa.

Minha mãe.

— Enfim, as coisas em Ballynigel ficaram cada vez mais insuportáveis para os bruxos. Tinham que fazer compras em suas próprias cidades, aluguéis expiravam e não eram renovados, mas de algum modo, eles conseguiram lidar com tudo isso.

— Por que eles não foram embora? — perguntei.

— Ballynigel era um lugar poderoso — explicou Alyce. — Pelo menos para aquele coven. Havia alguma coisa naquela área, talvez apenas porque a magia tivesse funcionado ali durante séculos... mas era um ótimo lugar para um bruxo. A maioria dos membros de Belwicket tinha no local raízes que remontavam a mais gerações do que eram capazes de contar. Seu povo sempre morou ali. Imagino que fosse difícil aceitar viver em qualquer outro lugar.

Era difícil para uma americana, com raízes familiares que remontavam a apenas cerca de cem anos, entender. Respirando fundo, olhei em torno à procura de Robbie. Eu ainda podia ouvi-lo conversando com a garota do outro lado da loja. Olhei para o relógio. Cinco e meia. Eu tinha que ir embora em breve. Mas enfim estava descobrindo meu passado, minha história e não pude me afastar disso.

— Como você sabe disso tudo? — indaguei.

— As pessoas falam sobre o assunto ao longo dos anos — revelou Alyce. — Sabe, poderia facilmente acontecer com qualquer um de nós.

Um calafrio me invadiu, e a encarei. Para mim, a magia era bonita e alegre. Ela estava me lembrando de que um sem-número de homens e mulheres tinha morrido por causa dela.

— Maeve Riordan enfim foi embora — prosseguiu Alyce, com o rosto triste. — Uma noite houve um grande... extermínio, por falta de palavra melhor.

Estremeci, sentindo uma brisa gelada flutuar a minha volta e se acomodar aos meus pés.

— O coven Belwicket foi praticamente destruído — Alyce falava como se fosse difícil dizer aquelas palavras. — Não está claro se foram os moradores da cidade ou uma poderosa e sombria fonte de magia que varreu o coven, mas, naquela noite, casas e carros foram incendiados, campos, arruinados, navios, afundados... e 23 homens, mulheres e crianças acabaram mortos.

Percebi que estava ofegante, meu estômago, embrulhado. Eu me sentia enjoada, tonta e em pânico. Não suportava mais escutar sobre aquilo.

— Mas Maeve, não — sussurrou Alyce, desviando os olhos para algo ao longe. — Maeve escapou naquela noite, e também seu parceiro, o jovem Angus Bramson. Maeve tinha 20 anos, Angus, 22, e juntos fugiram, pegaram um ônibus para Dublin e um avião para a Inglaterra. De lá foram para Nova York e da cidade seguiram para Meshomah Falls.

— Eles se casaram? — perguntei, rouca.

— Não há registro disso — respondeu Alyce. — Eles se estabeleceram em Meshomah Falls, arrumaram empregos, renunciaram completamente à bruxaria. Aparentemente, durante dois anos eles não praticaram a Wicca, não invocaram poder algum, não fizeram magia. — Ela balançou a cabeça, de um jeito triste. — Deve ter sido como viver com uma camisa de força. Como estar preso dentro de uma caixa. Então tiveram um bebê no hospital local. Achamos que a perseguição começou logo depois disso.

Minha garganta parecia se fechar. Puxei a gola do meu suéter, porque ela estava me sufocando.

— A princípio foram pequenas coisas... runas de perigo e ameaça pintadas na lateral de sua casinha. Selos do mal, runas enfeitiçadas para algum propósito mágico, arranhadas nas portas de seus carros. Um dia, havia um gato morto pendurado em sua varanda. Se tivessem procurado o coven local, teriam sido ajudados. Mas eles não queriam saber de bruxaria. Depois de Belwicket ter sido destruído, Maeve não queria ter mais nada a ver com isso. Embora, é claro, estivesse em seu sangue. Não há sentido em negar o que se é.

O terror ameaçava me dominar. Eu queria sair correndo da loja, aos berros.

Alyce olhou para mim.

— O Livro das Sombras de Maeve foi encontrado depois do incêndio. As pessoas o leram e passaram adiante as histórias escritas nele.

— Onde ele está agora? — perguntei, e Alyce balançou a cabeça.

— Não sei — disse, com gentileza. — A história de Maeve termina com ela e Angus carbonizados num celeiro.

Lágrimas escorriam lentamente pelas minhas faces.

— O que aconteceu com o bebê? — indaguei, com a voz embargada.

Alyce me lançou um olhar de simpatia, anos de sabedoria estampados em seu rosto. Ela esticou a mão suave, com cheiro de flores, e tocou minha bochecha.

— Isso eu também não sei, minha querida — disse, tão baixinho que eu mal podia ouvi-la. — O que aconteceu com o bebê?

Uma névoa cobria meus olhos, e eu precisava me deitar, desabar ou sair correndo e gritando pela rua.

— Ei, Morgana! — chamou a voz de Robbie. — Você já terminou? Tenho que ir para casa.

— Adeus — sussurrei.

Virei-me e corri porta afora, com Robbie me seguindo, ondas de preocupação emanavam dele.

Atrás de mim, mais do que ouvi, senti as palavras de Alyce:

— Adeus, não, minha querida. Você vai voltar.

8

Raiva

1º de novembro de 1980.

Que Samhain glorioso tivemos ontem à noite! Depois de um círculo poderoso que Ma me deixou conduzir, dançamos, tocamos, observamos as estrelas e torcemos por dias melhores no futuro. Foi uma noite regada a cidra, risadas e esperança. As coisas têm estado tão sossegadas ultimamente — será que o mal foi embora? Será que encontrou outro lar? Deusa, espero que não, porque não desejo que outras pessoas sofram o que nós sofremos. Mas fico grata por não termos mais que pular, sobressaltados, a cada barulho.

Angus me deu um gatinho encantador — tão pequeno e branquinho — que chamei de Dagda. É um nome de muita responsabilidade! Ele é uma coisinha tão pequenininha e doce. Eu o amo, e essa ideia é tão a cara do Angus. Hoje meu mundo está abençoado e cheio de paz.

Louvada seja a Deusa, por mais esse ano de proteção.

Louvada seja a Mãe Terra, por sua generosidade espalhar.

Louvada seja a magia, da qual emanam todas as bênçãos.

Louvado seja meu coração; eu o seguirei para onde me guiar.

Benditos sejam.

— Bradhadair

Agora Dagda está miando para sair!

— O que foi? — perguntou Robbie, no carro.

Funguei e passei a mão pelo rosto.

— Ah, Alyce estava me contando uma história triste sobre alguns bruxos que morreram.

Ele estreitou os olhos.

— E você esta chorando porque...

— A história me tocou, só isso — expliquei, tentando soar leve. — Sou tão sensível.

— Tudo bem, não me conte, então — respondeu ele, irritado. Ele ligou o carro e começou a dirigir de volta para Widow's Vale.

— É só que... ainda não posso falar sobre isso, ok, Robbie? — Quase sussurrei.

Ele ficou calado por alguns instantes, depois assentiu.

— Ok. Mas se precisar de um ombro, estou aqui.

Aquilo foi tão doce que uma onda de calor me invadiu. Estiquei a mão e dei um tapinha em seu ombro.

— Obrigada. Isso ajuda. De verdade.

Enquanto dirigíamos, foi escurecendo, e, quando chegamos de volta à escola, os postes já estavam acesos. Tive pensamentos agitados sobre o destino de aminha mãe biológica e fiquei surpresa ao reconhecer o prédio da escola quando Robbie parou e vi meu carro estacionado sozinho na rua.

— Obrigada pela carona — agradeci.

Estava escuro, as folhas caíam das árvores, esvoaçando pelo ar. Uma raspou em mim, e me encolhi.

— Você está bem? — perguntou Robbie.

— Acho que sim. Obrigada mais uma vez. Vejo você amanhã. — Em seguida entrei no Das Boot.

Eu sentia como se tivesse vivido a história de minha mãe biológica. Ela tinha que ser a mesma Maeve Riordan da minha certidão de nascimento. Tinha que ser. Tentei me lembrar se tinha visto o lugar do meu nascimento — se era Meshomah Falls ou Widow's Vale. Não conseguia me lembrar. Será que meus pais sabiam alguma coisa? Como tinham me encontrado? Como fui adotada? As mesmas velhas perguntas.

Liguei meu carro, sentindo a raiva me invadir de novo. Eles tinham as respostas e iriam me contar. Essa noite. Eu não conseguiria passar mais um dia sem saber.

Em casa, estacionei e segui em disparada pelo caminho até a entrada, já formulando as palavras que diria, as perguntas que faria. Irrompi pela porta...

E encontrei tia Eileen e sua namorada, Paula Steen, sentadas no sofá.

— Morgana! — disse tia Eileen, abrindo os braços. — Como vai minha sobrinha favorita?

Eu a abracei enquanto Mary K. dizia:

— Ela disse exatamente a mesma coisa para mim.

Tia Eileen riu.

— Vocês duas são minhas sobrinhas favoritas.

Sorri, tentando mentalmente mudar de tática. Confrontar meus pais estava fora de questão por ora. E então... foi aí que percebi que tia Eileen sabia que eu era adotada. É claro que sabia. Ela é irmã da minha mãe. Na verdade, todos os amigos dos meus pais deviam saber. Eles sempre moraram em Widow's Vale e, a menos que minha mãe tenha fingido a gravidez, algo que eu não podia imaginá-la fazendo, todos deviam saber que eu simplesmente apareci, vinda de lugar nenhum. E então, dois anos depois, ela realmente teve um bebê: Mary K. Ai, meu Deus, pensei, horrorizada. Eu estava completamente, completamente humilhada e constrangida.

— Olhe, nós trouxemos comida chinesa — disse tia Eileen, levantando-se.

— Está servido! — gritou mamãe da sala de jantar.

Eu daria tudo para não ter que entrar, mas não havia como me livrar daquilo. Fomos todos para lá. Caixas de papel branco e de isopor cobriam o centro da mesa.

— Oi — cumprimentou mamãe, estudando meu rosto. — Você voltou a tempo.

— Ã-hã — murmurei, sem encará-la. — Eu estava com Robbie.

— Robbie está lindo — disse Mary K., servindo-se de um pouco de *orange beef*. — Ele está indo a um novo dermatologista?

— Humm, não sei — respondi, de modo vago. — A pele dele melhorou muito.

— Talvez ele apenas tenha passado daquela fase — sugeriu minha mãe.

Eu não podia acreditar que ela estava jogando conversa fora. A frustração começou a fervilhar dentro de mim enquanto eu tentava engolir o jantar.

— Pode me passar a carne de porco? — pediu meu pai.

Por um tempo, todos apenas comemos. Se tia Eileen e Paula notaram que as coisas estavam um pouco estranhas, que estávamos tensos e menos falantes, não comentaram nada. Mas até Mary K., naturalmente alegre, parecia retraída.

— Ah, Morgana, Janice ligou — avisou meu pai. Dava para ver que ele lutava para manter o tom de voz normal. — Pediu que você ligasse de volta para ela. Falei que você telefonaria depois do jantar.

— Ok. Obrigada — respondi.

Enfiei um grande pedaço de panqueca de cebolinha na boca, assim não seria estranho eu ficar tão quieta.

Depois do jantar, tia Eileen se levantou e foi para a cozinha, voltando com uma garrafa de cidra espumante e uma bandeja de taças.

— O que é isso? — perguntou mamãe, com um sorriso surpreso.

— Bem — disse tia Eileen, timidamente, enquanto Paula se levantava e se colocava ao lado dela. — Temos algumas novidades bem emocionantes.

Mary K. e eu trocamos olhares.

— Vamos morar juntas — anunciou tia Eileen, o rosto cheio de alegria. Ela sorriu para Paula, que a abraçou.

— Já pus meu apartamento à venda, e estamos procurando uma casa — disse Paula.

— Ah, que maravilha — falou Mary K., levantando-se para abraçar tia Eileen e Paula.

Então eu sorri e também fui abraçá-las. Minha mãe fez a mesma coisa. Papai abraçou minha tia e apertou a mão de Paula.

— Que notícia adorável — disse mamãe, embora algo em seu rosto dissesse que seria melhor se elas esperassem um pouco mais.

Eileen tirou a rolha da cidra e serviu as taças, que Paula distribuiu. Mary K. e eu imediatamente tomamos alguns goles.

— Vocês vão comprar uma casa juntas ou pretendem alugar? — perguntou mamãe.

— Estamos procurando para comprar — disse Eileen. — Nós duas temos apartamentos, mas quero um cachorro, então precisamos de um quintal.

— E eu preciso de espaço para um jardim — acrescentou Paula.

— Um cachorro e um jardim não são compatíveis — brincou papai, e todos riram.

Eu sorri também, mas tudo aquilo parecia irreal: como se eu tivesse vendo a família de outra pessoa na TV.

— Achei que você poderia nos ajudar a encontrar a casa — disse tia Eileen para minha mãe.

Ela sorriu, e percebi que era a primeira vez desde ontem que o fazia.

— Eu já estava aqui pensando em algumas possibilidades — admitiu. — Vocês podem ir ao escritório em breve para marcamos algumas visitas?

— Seria ótimo — disse tia Eileen.

Paula estendeu a mão e apertou seu ombro. Elas se olharam como se não houvesse mais ninguém na sala.

— A mudança vai ser uma loucura — disse Paula. — Tenho coisas espalhadas por toda parte: na casa da minha mãe, na do meu pai, na da minha irmã. Meu apartamento é pequeno demais para caber tudo.

— Por sorte, tenho uma sobrinha que, além de forte, tem um carro enorme — ofereceu tia Eileen com alegria, olhando para mim.

Eu a encarei. O único porém era que eu não era sua sobrinha de verdade, certo? Até tia Eileen estivera encenando nessa fantasia que era minha vida. Até ela, minha tia favorita, passara dezesseis anos mentindo e escondendo segredos de mim.

— Tia Eileen, você sabe que meus pais nunca me contaram que sou adotada? — Simplesmente soltei isso assim, e foi como se tivesse dito que contraíra a peste bubônica.

Todos me encararam, menos Mary K., que fitava seu prato com um ar sofrido, e Paula, que olhava para tia Eileen com uma expressão preocupada.

Tia Eileen parecia ter engolido um sapo. De olhos arregalados, disse:

— O quê? — E olhou de relance para meu pai e minha mãe.

— Quero dizer, você não acha que alguém deveria ter me contado? Talvez apenas mencionado? Você poderia ter dito alguma coisa. Ou talvez apenas tenha achado que isso não era importante — pressionei. Parte de mim sabia que eu não estava sendo justa. Mas, de algum modo, eu não conseguia me conter. — Ninguém parece achar. Afinal, é só da minha vida que estamos falando.

— Morgana — começou mamãe, com um tom de voz derrotado.

— É... — murmurou tia Eileen, um desperdício de palavras.

Todos estavam tão constrangidos quanto eu, e o clima festivo do jantar tinha acabado.

— Deixa para lá — falei abruptamente, me levantando. — Podemos falar sobre isso depois. Por que não? Depois de dezesseis anos, o que são mais alguns dias?

— Morgana, sempre achei que eram seus pais que deveriam lhe contar... — explicou tia Eileen, angustiada.

— Sim, certo — retruquei, rude. — E quando isso ia acontecer?

Mary K. engasgou, e eu empurrei minha cadeira para trás com grosseria. Eu não aguentava mais ficar ali. Não aguentava mais a hipocrisia deles. Eu ia explodir.

Dessa vez me lembrei de pegar meu casaco antes de correr para o carro e partir para a escuridão.

9

Luz de cura

Dia de São Patrício, 1981.

Ah, Jesus, Maria, José, estou tão bêbada que mal posso escrever. Ballynigel acabou de dar a melhor festa de São Patrício de todos os tempos. Todos os moradores, sem exceção, se reuniram e se divertiram no vilarejo. Humanos ou bruxos, todos nos unimos no Dia de São Patrício, usando verde.

Pat O'Hearn tingiu toda a sua cerveja de verde, e ela era despejada em canecas, baldes, sapatos, qualquer coisa. O velho Jowson deu um pouco para seu burro, e nunca vi aquele animal tão manso e bonzinho! Ri tanto que minha barriga chegou a doer.

Os Irish Cowboys tocaram a tarde inteira no parque municipal, e todos nós dançamos e implicamos uns com os outros, e as crianças arremessavam repolhos e batatas. Tivemos um bom dia, e parece que o tempo sombrio acabou de uma vez por todas.

Agora estou em casa e acendi três velas verdes para a Deusa, pedindo prosperidade e felicidade. É noite de lua cheia, então tenho que ficar sóbria, vestir uma roupa quente e me juntar ao meu luibh. As raízes da Rumex estão prontas para a colheita, e há violetas, dentes-de-leão e taboas que nasceram fora do tempo e também estão prontas. Não posso mais beber cerveja até lá ou vão me encontrar de cara no pântano, bêbada demais para me levantar! Que dia!

— Bradhadair

Enquanto dirigia, me dei conta de que não havia lugar algum aonde ir às oito da noite de uma segunda-feira em Widow's Vale, Nova York. Eu me imaginei aparecendo na loja de refrigerante de Schweikhardt, na rua principal, com lágrimas correndo pelo rosto. Eu me imaginei chegando do mesmo jeito à casa de Janice. Não... Janice não tinha ideia de como minha vida se tornara complicada. Robbie? Considerei por um segundo, mas acabei balançando a cabeça. Eu detestava ir à casa dele, com seu pai tomando cerveja na frente da TV e sua mãe toda zangada, com os lábios apertados. É claro que nem considerei Bree... Meu Deus, que vaca ela havia sido hoje.

Cal? Fiz uma curva e me dirigi à vizinhança dele, sentindo-me desesperada e ousada, corajosa e horrorizada. Seria presunçoso de minha parte ir à sua casa sem ser convidada? Havia tanta coisa na minha cabeça: a história dos meus pais biológicos, a recusa dos meus outros pais em me contar a verdade sobre meu passado, Bree... eram coisas demais em que pensar. Eu sentia que não podia tomar nenhuma decisão em relação a nada... nem mesmo se estaria tudo bem de eu aparecer na casa de Cal sem avisar.

Quando parei o carro na entrada da garagem, comprida e pavimentada de pedras, no mesmo estilo que a casa de Cal, eu me sentia muito confusa. O que eu estava fazendo? Eu só queria ficar dirigindo na noite para sempre, para longe de todos que conhecia. Ser uma pessoa diferente. Não conseguia acreditar que essa era a minha vida.

Desliguei os faróis e o motor e me debrucei no volante, literalmente congelada pela incerteza. Não conseguia nem ligar o carro de novo para sair dali.

Quem sabe quanto tempo fiquei parada no escuro do lado de fora da casa de Cal? Finalmente levantei a cabeça quando faróis altos inundaram o interior do meu carro, refletidos pelo espelho retrovisor e brilhando nos meus olhos. Um utilitário que parecia caro contornou meu carro e foi estacionado habilidosamente junto à casa. A porta se abriu, e uma mulher alta e esguia saltou, seu cabelo mal distinguível na escuridão. As luzes do lado de fora da casa se acenderam, inundando a entrada da garagem com um morno brilho amarelo. A mulher caminhou até o meu carro.

Sentindo-me uma idiota, abri minha janela enquanto Selene Belltower se aproximava. Ela passou um longo momento olhando meu rosto, como se me avaliasse. Não sorrimos nem falamos uma com a outra.

Por fim, ela disse:

— Por que você não entra, Morgana? Deve estar congelando. Vou fazer um pouco de chocolate quente. —

Como se fosse normal encontrar uma garota dentro de um carro do lado de fora de sua casa.

Saí do Das Boot e bati a porta. Subimos juntas os grandes degraus de pedra, a mãe de Cal e eu, e entramos pelas enormes portas de madeira. Ela me conduziu pelo hall, para uma grande cozinha country estilo francês a qual eu não vira em minha última visita.

— Sente-se, Morgana — disse ela, indicando um banco alto junto à ilha da cozinha.

Eu me sentei, esperando que Cal estivesse ali. Não vira seu carro lá fora, mas talvez estivesse na garagem.

Agucei meus sentidos, mas não pude sentir sua presença por perto. Selene Belltower levantou depressa a cabeça enquanto despejava leite numa panela. Franziu a testa, unindo as sobrancelhas, então olhou para mim, me estudando.

— Você é muito forte — comentou. — Eu só aprendi a aguçar os sentidos quando já estava na casa dos 20 anos. Cal não está, a propósito.

— Desculpe-me — falei, sem graça. — Eu deveria ir embora. Não quero aborrecê-la...

— Você não está me aborrecendo — disse ela.

Pôs uma colher de cacau em pó no leite e misturou lentamente sobre o fogão, de frente para mim.

— Eu estava curiosa. Cal me contou algumas coisas muito interessantes sobre você.

Cal falou sobre mim com a mãe?

Ela deu uma risada calorosa e simples ao ver a expressão em meu rosto.

— Cal e eu somos muito próximos. Há muito tempo temos sido só nós dois. O pai dele foi embora quando Cal tinha uns 4 anos.

— Sinto muito — desculpei-me de novo.

Ela falava comigo como se eu fosse adulta, e, por alguma razão, aquilo me fazia sentir como se eu tivesse menos do que meus 16 anos.

Selene Belltower deu de ombros.

— Também senti muito. Cal sente muita falta do pai, mas agora ele mora na Europa, e eles não se veem com muita frequência. De todo modo... você não deveria ficar assustada por meu filho confiar em mim. Seria infantilidade da parte dele tentar esconder qualquer coisa mesmo.

Inspirei, tentando relaxar. Então assim era a vida numa casa de bruxos de sangue: nada de segredos.

A mãe de Cal despejou o chocolate em duas canecas brilhantes pintadas à mão e me entregou uma delas. Estava quente demais para beber, então eu a apoiei na bancada e esperei. Selene passou a mão sobre sua caneca duas vezes e depois tomou um gole.

— Tente fazer isso — sugeriu, olhando para mim. — Erga sua mão esquerda e a mova em sentido anti-horário sobre a caneca. Diga: "Esfrie o fogo."

Obedeci, maravilhada. Senti o calor indo para minha mão.

— Experimente o chocolate agora — disse ela, me olhando.

Tomei um gole. Estava notavelmente mais frio, perfeito para beber. Sorri, encantada.

— A mão esquerda tira — explicou ela. — A direita dá. Sentido horário para aumentar; anti-horário para diminuir. E palavras simples são as melhores.

Assenti e bebi meu chocolate. Aquela coisa simples era muito fascinante para mim. A ideia de que eu podia pronunciar palavras, fazer movimentos que esfriassem uma bebida quente até a temperatura ideal!

Selene sorriu, e seus olhos focaram os meus, simpáticos.

— Parece que você passou por momentos difíceis.

Aquilo era um eufemismo, mas assenti.

— Cal... lhe contou... alguma coisa?

Ela pousou a caneca.

— Ele me disse que você descobriu recentemente que é adotada. Que seus pais biológicos devem ser bruxos de sangue. E esta tarde me disse que você achava que devia ser filha de dois bruxos irlandeses que morreram aqui, há dezesseis anos.

Assenti de novo.

— Não exatamente aqui... em Meshomah Falls. Fica a umas duas horas. Acho que o nome da minha mãe era Maeve Riordan.

A expressão de Selene se tornou séria.

— Já ouvi essa história. Eu me lembro de quando aconteceu. Eu tinha 40 anos; Cal ainda não tinha nem 2. Lembro-me de ter pensado que uma coisa daquelas nunca poderia acontecer comigo, meu marido e nosso filho.

— Seus dedos longos deslizaram pela borda da caneca.

— Agora sei que estava errada. — Ela ergueu os olhos para mim de novo. — Sinto muito mesmo que isso tenha acontecido a você. É sempre difícil ser diferente, mesmo quando se tem muito apoio. Ainda assim se é discriminado. Mas sei que você deve estar passando por um momento particularmente difícil.

Minha garganta parecia fechar de novo, e bebi meu chocolate. Eu não confiava em mim mesma para concordar. Tentei me distrair com detalhes sem sentido: se ela tinha 40, há dezesseis anos, devia ter 56 agora. Mas parecia ter 35.

— Se quiser — começou Selene, hesitante —, posso ajudá-la a se sentir melhor.

— O que quer dizer? — perguntei. Por um momento insano me perguntei: Ela está me oferecendo drogas?

— Bem, estou captando ondas de angústia, discórdia, infelicidade e raiva — disse ela. — Poderíamos fazer um pequeno círculo de duas pessoas e tentar colocá-la numa vibração melhor.

Prendi a respiração. Eu só tinha feito círculos com Cal e nosso coven. Como seria com alguém ainda mais poderoso do que ele? Peguei-me dizendo:

— Sim, por favor, se você não se importar.

Selene sorriu, parecendo muito com Cal.

— Então venha.

A casa tinha forma de U, com uma parte central e duas alas. Ela me levou ao fim da ala esquerda, até uma sala muito grande que imaginei que ela usasse para os círculos de seu coven. Abriu a porta num painel da parede, que mal dava para notar. Senti uma onda de puro deleite infantil. Portas secretas!

Entramos numa sala muito menor e mais aconchegante, mobiliada apenas com uma mesa estreita, algumas estantes e candelabros nas paredes. Selene acendeu as velas.

— Este é meu santuário particular — explicou ela, passando os dedos pelo batente da porta.

Por um breve momento, vi selos brilhando ali. Deviam ser para proteção ou privacidade. Mas eu não tinha ideia de como lê-los. Havia tanta coisa que eu precisava aprender. Eu era uma completa novata.

Selene já havia desenhado um pequeno círculo no chão de madeira, com um talco avermelhado que emanava um cheiro forte e picante. Ela fez um gesto para que eu entrasse no círculo, e depois o fechou atrás de nós.

— Vamos nos sentar — disse.

Com nós duas sentadas frente a frente, de pernas cruzadas, havia muito pouco espaço dentro do círculo.

Cada uma de nós espalhou sal na nossa metade do círculo, dizendo:

— Com este sal, purifico meu círculo.

Então Selene fechou os olhos e deixou a cabeça pender, as mãos nos joelhos, como se estivesse praticando ioga.

— A cada expiração, libere uma emoção negativa. A cada inspiração absorva a luz branca, a luz de cura, relaxante e tranquilizante. Sinta-a entrar pelos dedos das suas mãos e dos seus pés, se acomodar na sua barriga, subir até o topo da sua cabeça.

À medida que falava, sua voz ficava mais lenta, mais profunda, mais impressionante. Meus olhos estavam fechados, o queixo, praticamente tocando meu peito. Expirei, expulsando todo o ar dos meus pulmões. Então inspirei, ouvindo suas palavras relaxantes.

— Eu libero a tensão — murmurou ela, e eu repeti sem hesitar. — Eu libero o medo e a raiva — disse, suas palavras flutuando até mim num mar de calma.

Eu repeti e literalmente senti os nós no meu estômago começarem a se desfazer, a tensão em meus braços e panturrilhas se dissipar.

— Eu libero a insegurança — continuou Selene, e eu a imitei.

Respiramos profundamente, e em silêncio, por vários minutos. Minha dor de cabeça passou, minhas têmporas pararam de latejar, meu peito se expandiu, e eu conseguia respirar com mais facilidade.

— Eu me sinto calma — disse Selene.

— Eu também — concordei, em tom sonhador. Mais do que vi, senti que ela sorria.

— Não. Repita — instruiu ela, com um traço de humor na voz.

— Ah. Eu me sinto calma — falei.

— Abra os olhos. Faça este símbolo com a mão direita — disse ela, traçando um desenho no ar com dois dedos. — É a runa do consolo.

Eu a observei, então, com cuidado, desenhei no ar uma linha reta para baixo e, depois, um pequeno triângulo preso à parte de cima, como uma pequena bandeira.

— Eu me sinto em paz — disse ela, desenhando a mesma runa na minha testa.

— Eu me sinto em paz — repeti, sentindo o rastro de calor de seu dedo em minha pele.

A lembrança do que tinha acontecido com meus pais biológicos pareceu recuar, distante. Eu estava ciente do ocorrido, mas ele tinha menos poder de me machucar.

— Eu sou amor. Sou paz. Sou força.

Repeti as palavras, sentindo um calor delicioso me invadir.

— Rogo à força da Deusa e do Deus. Rogo ao poder da Mãe Terra — entoou Selene, desenhando outra runa na minha testa. Esta parecia um retângulo meio torto, e, enquanto ele era gravado na minha pele, pensei "Força".

Selene e eu estávamos ligadas. Eu pude sentir sua força dento da minha cabeça, pude senti-la acalmar cada emoção minha, desfazendo todos os nós de medo, cada nó de raiva. Ela sondava cada vez mais fundo, e, lânguida, eu a permitia. Ela aplacou a dor até que eu estivesse quase em transe.

Séculos depois, pareci acordar de novo. Abri os olhos espontaneamente a tempo de vê-la erguer as mãos e abrir os olhos também. Eu me sentia um pouco grogue e muito melhor. Não pude deixar de sorrir. Ela retribuiu o sorriso.

— Tudo bem agora? — perguntou, baixinho.

— Ah, sim — respondi, incapaz de expressar em palavras o que sentia.

— Mais uma coisa para você — disse, traçando dois triângulos que se tocavam nas costas das minhas mãos. — Este é para novos começos.

— Obrigada — falei, admirada com seu poder. — Eu me sinto muito melhor.

— Que bom.

Nós nos levantamos, desfizemos o círculo e apagamos as velas da pequena sala. Quando passamos para a sala maior do coven, vi o reflexo do rosto de Selene em um grande espelho de moldura dourada. Ela sorria. Seu rosto brilhava, quase triunfante, enquanto me guiava de volta ao hall. Então a imagem desapareceu, e eu pensei que a tivesse imaginado.

À porta, ela deu tapinhas no meu braço, e eu agradeci de novo. Depois praticamente flutuei até o meu carro, sem sentir nadinha do vento frio de novembro. Eu me senti absolutamente perfeita durante todo o caminho de volta para casa. Nem me lembrava de que Cal não estava lá.

10
Divisão

14 de agosto de 1981.

O coven de Much Bencham tem três novos estudantes, segundo nos contaram. O nosso não tem nenhum. Tara e Cliff foram os últimos a se juntar ao Belwicket como estudantes, e isso foi há três anos. Até que Lizzie Sims complete 14 anos, daqui a quatro, não temos ninguém. É claro que, no Much Bencham, eles aceitam praticamente qualquer um que queira estudar.

Digo que deveríamos fazer o mesmo — se conseguíssemos convencer alguém a se juntar a nós. Belwicket escolheu seu caminho há muito tempo, e não é para todos. Mas devemos nos expandir. Se nos prendermos apenas aos bruxos de sangue, nascidos do clã, sem dúvida acabaremos extintos. Devemos procurar outros como nós, misturar os clãs. Mas Ma e os anciões me criticaram por isso várias vezes. Querem que continuemos puros. Eles se recusam a admitir o ingresso de estranhos.

Talvez alguns dos membros de Belwicket devessem morrer.
— Bradhadair

Quando voltei para casa naquela noite, a luz do quarto dos meus pais já estava apagada, e, se o motor barulhento do meu carro os acordou, eles não demonstraram. Mary K. tinha me esperado acordada, ouvindo música no seu quarto. Ela ergueu os olhos e tirou os fones de ouvido quando enfiei a cabeça pela porta.

— Oi — falei, sentindo um amor profundo por ela. Afinal, ela sempre foi minha irmã, se não de sangue, pelas circunstâncias. Eu me arrependia de tê-la magoado.

— Aonde você foi? — perguntou ela.

— À casa do Cal. Ele não estava lá, mas conversei com a mãe dele.

Mary K. fez uma pausa.

— Foi horrível depois que você saiu. Achei que mamãe fosse cair em prantos. Todos ficaram muito constrangidos.

— Sinto muito — falei, com sinceridade. — Fiz isso porque não acredito que nossos pais guardaram esse segredo a minha vida toda. Eles mentiram para mim. — Balancei a cabeça. — Hoje à noite me dei conta de que tia Eileen e nossos outros parentes, assim como os amigos de nossos pais, *todos* sabem que sou adotada. Me senti uma idiota por não saber. Eu fiquei... furiosa por eles não terem me contado, enquanto todas essas pessoas sabiam.

— É, eu não tinha pensado nisso — disse Mary K., franzindo a testa de leve. — Mas você está certa. Todos devem mesmo saber. — Ela olhou para mim. — *Eu* não sabia. Você acredita em mim, não acredita?

Assenti.

— Não havia a menor chance de *você* guardar um segredo desses.

Sorri quando Mary K. jogou o travesseiro em mim.

O cobertor de paz, perdão e amor no qual Selene tinha me envolvido, ainda me embrulhava em seu abraço confortável.

— Olhe, as coisas vão ser bem ruins por um tempo. Mamãe e papai têm que me contar sobre o meu passado e sobre como fui adotada. Não posso parar até descobrir. Mas isso não significa que não amo você ou eles. De algum modo vamos superar isso — falei.

A incerteza atravessou o lindo rosto de Mary K.

— Ok — disse ela, aceitando minha palavra.

— Estou feliz por tia Eileen e Paula — falei, mudando de assunto.

— Eu também. Não queria mais que tia Eileen ficasse sozinha — disse Mary K. — Você acha que elas terão filhos?

Eu ri.

— Uma coisa de cada vez. Elas precisam morar juntas por um tempo.

— É. Bem. Estou cansada. — Mary K. tirou os fones de ouvido do pescoço e os largou no chão.

— Deixe eu fazer uma coisa.

Inclinando-me, gentilmente tracei a runa do conforto na testa dela, do modo como Selene havia me mostrado. Senti o calor deixando meus dedos e, ao me afastar, vi Mary K. me olhando com uma expressão triste.

— Por favor, não faça isso comigo — sussurrou ela. — Não quero participar disso.

Magoada, pisquei e depois assenti.

— Está bem, claro — murmurei.

Virei-me e fui para o meu quarto, consternada. Algo que tinha me dado tanta alegria, só aborrecia minha irmã. Era um sinal claro das diferenças entre nós, o abismo cada vez maior que a empurrava para um lado, e a mim, para o outro.

Nessa noite, dormi profundamente, não tive sonhos e acordei me sentindo ótima. Uni minhas mãos, como se ainda pudesse ver os selos desenhados ali: Daeg. Um novo amanhecer. Um despertar.

— Morgana? — chamou Mary K. do corredor. — Vamos. Hora da escola.

Eu já estava enfiando os pés nas pantufas. Não restava dúvida de que eu estava atrasada, como sempre. Tomei uma ducha depressa, vesti a primeira roupa que vi e corri escada abaixo, meus cabelos molhados quase me estrangulando. Na cozinha, peguei uma barra de cereal, pronta para sair pela porta. Mary K. ergueu calmamente os olhos do seu suco de laranja.

— Sem pressa — falou. — Acordei você mais cedo para variar. Cheguei atrasada duas vezes no mês passado.

Boquiaberta, olhei para o relógio. Ainda faltavam quase quarenta minutos para o início das aulas. Eu me afundei numa cadeira e fiz um gesto incoerente para a geladeira.

Com pena de mim, minha irmã me deu uma Coca Diet. Eu a engoli, depois voltei a subir, para desembaraçar o cabelo.

De algum modo, chegamos atrasadas mesmo assim. Na escola, estacionei meu carro com a eficiência de quem tem muita prática. Depois vi Bakker, vindo para o carro encontrar Mary K. Meu humor azedou.

— Veja, aí está ele — falei. — À espreita, como uma aranha.

Mary K. deu um soco na minha perna.

— Pare com isso. Achei que você gostasse dele.

— Ele é ok — comentei. Tenho que me acalmar, pensei. Eu ficaria muito irritada se alguém tentasse bancar a irmã mais velha comigo. Mas não pude deixar de perguntar: — Ele sabe que você só tem 14 anos?

Mary K. revirou os olhos.

— Não, ele acha que estou no segundo ano — falou, com sarcasmo. — Não vá me dedurar.

Ela saiu do carro. Enquanto Mary K. e Bakker se beijavam, bati a porta e joguei a mochila no ombro. Então me dirigi para a entrada leste.

— Ah, Morgana, espere! — Alguém chamou.

Eu me virei e dei de cara com Janice Youth, seu cabelo balançando enquanto ela corria na minha direção. Ops! Eu me esqueci completamente de retornar sua ligação ontem à noite.

— Me desculpe por não ter ligado — falei, quando ela estava chegando perto.

Ela abanou a mão no ar.

— Não era nada demais. Só queria dar um oi — disse ela, um pouco ofegante. — Não vi você nos últimos dias, só na aula.

— Eu sei — falei, em tom de desculpas. — Tem um monte de coisas acontecendo. — Isso definia tão mal a verdade, que quase ri. — Minha tia Eileen vai morar com a namorada — comentei, pensando numa boa notícia.

— Isso é ótimo! Diga a ela que fico feliz pelas duas — falou Janice.

— Vou dizer. Como você se saiu no ensaio do Fishman?

— Não sei como, mas consegui tirar A — respondeu ela, enquanto caminhávamos rumo ao prédio principal.

— Legal. Eu tirei B+. Detesto ensaios. Palavras demais — reclamei. Janice riu. Então vimos Tamara e Ben Reggio indo para a entrada principal bem na hora que o sinal tocou.

— Tenho que alcançar Ben — disse Janice, se afastando. — Ele esta com minhas anotações de latim.

— Vejo você na aula.

Fui até a porta leste, onde o coven se reunia de manhã, mas os bancos de concreto estavam vazios. Cal já devia ter entrado. Minha decepção por não encontrá-lo era quase equivalente ao alívio por não ver Bree.

Na hora do almoço estava chuviscando, com tristes filetes de água escorrendo pelas janelas. Entrei no refeitório, grata por ali ao menos estar mais aquecido. Quando peguei uma bandeja e olhei em volta, a maior parte do coven estava sentada a uma mesa perto das janelas. Raven e Bree não estavam ali, notei com um certo alívio. Nem Beth Nielson.

Caminhei até lá e me sentei ao lado de Cal. Quando ele sorriu, foi como se o sol tivesse surgido.

— Oi — disse ele, abrindo espaço para mim na mesa. — Chegou atrasada hoje?

Assenti, abrindo meu refrigerante.

— Assim que o sinal tocou.

— Posso pegar uma batata? — perguntou ele, pegando uma sem esperar pela resposta. Senti uma onda de calor por ele estar tão à vontade comigo.

— Minha mãe disse que você apareceu lá em casa ontem à noite — falou. — Lamento não ter encontrado você. — Ele apertou meu joelho debaixo da mesa. — Você está bem? — perguntou, baixinho.

— Sim, sua mãe foi mesmo muito legal. Ela me mostrou algumas runas mágicas — falei, baixando a voz.

— Legal! — exclamou Jenna, inclinando-se sobre a mesa. — Como o quê?

— Algumas runas, para coisas diferentes — falei. — Para felicidade, novos começos, paz e calma.

— Elas funcionaram? — perguntou Ethan.

— Sim! — falei, rindo. Como se um feitiço de Selene Belltower pudesse não funcionar. — Seria incrível se pudéssemos começar a estudar runas, estudar tudo sobre elas.

Cal assentiu.

— As runas são mesmo muito poderosas — falou. — Têm sido usadas há milhares de anos. Tenho alguns livros sobre o assunto. Se quiser, empresto para você.

— Eu também gostaria de lê-los — disse Sharon, girando o canudo na caixa de achocolatado.

— Aqui está uma runa para vocês, pessoal — falou Cal.

Ele abriu espaço no centro da mesa e desenhou uma imagem com o dedo. Pareciam duas linhas paralelas, com outras duas linhas cruzadas entre elas, as unindo. Ele repetiu o desenho várias vezes, até que todos pudéssemos visualizá-lo.

— O que isso significa? — perguntou Matt.

— Basicamente, significa interdependência — explicou Cal. — Comunidade. Boa vontade para com o próximo. É como nos sentimos uns com relação aos outros, nosso círculo. Cirrus.

Todos nos entreolhamos por um minuto, absorvendo aquilo.

— Meu Deus, há tanta coisa a aprender — disse Sharon. — Acho que nunca serei capaz de entender tudo isso... ervas, feitiços, runas, poções.

— Posso falar com você? — Beth Nielson tinha entrado e agora estava parada na frente de Cal, um gorro de crochê colorido cobrindo seus cabelos curtos.

— Claro — disse Cal. Ele a estudou com mais atenção. Ela estava com a testa franzida. — Quer ia a algum lugar mais reservado?

— Não — respondeu Beth, balançando a cabeça, sem olhar para ele. — Não precisa. Eles podem ouvir.

— O que há de errado, Beth? — perguntou Cal, baixinho.

De algum modo, todos o ouvimos, mesmo com o barulho do refeitório.

Beth deu de ombros e desviou o olhar. A sombra líquida com glitter nas pálpebras contrastava com sua pele cor de café. Ela fungou, como se estivesse resfriada.

Olhei para Jenna do outro lado da mesa. Ela arqueou as sobrancelhas para mim.

— É só que... toda essa coisa não me parece certa — disse Beth. — Sabe, achei que seria legal. Mas é esquisito demais. Os círculos. Morgana fazendo flores desabrocharem — falou, com um gesto na minha direção. — É estranho demais. — Ela ergueu os ombros debaixo da jaqueta de couro marrom e então despejou: — Não quero ter mais nada a ver com isso. Não gosto disso. Parece errado. — O piercing em seu nariz cintilou sob a luz fluorescente.

— Isso é ruim — disse Cal. — A Wicca não deveria fazer ninguém se sentir desconfortável. A intenção é celebrar a beleza e o poder da natureza.

Beth lançou-lhe um olhar inexpressivo, como se dissesse, "ora, por favor".

— Então você quer deixar o coven. Tem certeza disso? — perguntou Cal. — Talvez só precise de um pouco mais de tempo para se acostumar.

Beth balançou a cabeça.

— Não. Não quero mais fazer isso.

— Bem, se a Wicca não é para você, então a escolha é sua. Obrigado por ser honesta — disse Cal.

— Ã-hã — murmurou Beth, trocando o peso de uma bota Doc Martens para outra.

— Beth, só uma coisa — disse Cal. — Por favor, respeite nossa privacidade.

Havia um tom grave em sua voz que fez Beth erguer os olhos.

— Você foi aos nossos círculos, sentiu o poder da magia — prosseguiu Cal. — Guarde essas experiências para si, ok? Elas não interessam a ninguém além de nós.

— Tudo bem — concordou Beth olhando para ele.

— Bem — disse Cal —, é decisão sua partir. Mas lembre-se de que o círculo não estará mais aberto para você se mudar de ideia. Sinto muito, mas é assim que funciona.

— Não vou mudar de ideia — falou Beth. Ela se afastou sem olhar para trás.

Por alguns instantes, todos nos entreolhamos.

— O que foi isso? — perguntei.

Jenna tossiu.

— É, foi muito estranho.

— Não sei — disse Cal. Uma sombra cruzou seu rosto. Então ele pareceu afastá-la. — Mas, como falei, a Wicca não é para todos. — Ele se inclinou para a frente. — Pensei que, no próximo círculo, poderia mostrar mais algumas runas a vocês e talvez um pequeno feitiço.

— Está certo — disse Ethan. — Legal. — Ele se inclinou para Sharon. — Você vai comer esse brownie?

Ela fez cara de sofrimento, mas eu sabia que estava brincando.

— Sim.

— Meio a meio? — perguntou ele. Ethan, ex-maconheiro, agora só um garoto desmazelado, deu um sorriso tímido para Sharon. Era como ver um vira-lata de rua tentar flertar com um poodle bem cuidado.

— Vou lhe dar um pedacinho — disse Sharon, partindo o brownie. Suas bochechas estavam levemente coradas.

O sorriso de Ethan se abriu, e ele enfiou o pedaço de brownie na boca.

À nossa volta, centenas de estudantes iam e vinham das mesas, comendo, conversando, carregando suas bandejas. Éramos apenas um microcosmo na escola. Para mim, era como se fôssemos os únicos que falavam sobre coisas realmente importantes — coisas muito mais significativas e interessantes que o último torneio de acrobacia ou o concurso do tema do baile de formatura. Eu mal podia esperar pelo fim do ensino médio, para tocar o resto da minha vida. Eu me via devotada à Wicca, ainda com Cal, levando uma vida cheia de significado, alegria e magia.

O cotovelo de Robbie me cutucando me trouxe de volta do meu sonho.

— Desculpe — disse ele, esfregando as têmporas. — Tem um Tylenol?

— Não, sinto muito. Sua consulta é hoje, não é? — perguntei, e então dei uma mordida no meu hambúrguer.

— É.

— Aqui, tome. — Jenna vasculhou a bolsa e pegou dois comprimidos.

Robbie olhou para eles, depois os jogou na boca e engoliu com o resto do refrigerante.

— O que era isso?

— Cianureto — disse Sharon, e todos rimos.

— Na verdade, era meu remédio para cólicas menstruais — disse Jenna, virando-se para tossir de novo. Eu me perguntei se ela estaria ficando doente.

Matt gargalhou, e Robbie olhou para ela boquiaberto e horrorizado.

— Realmente funciona — insistiu Jenna. — É o que tomo para enxaqueca.

— Ai, cara. — Robbie balançou a cabeça.

Eu me contorcia de tanto rir.

— Veja por este lado — disse Cal, animado —, você não vai ficar com aquela terrível sensação de inchaço.

— Vai se sentir lindo o dia todo — sugeriu Matt, rindo tanto que precisou secar as lágrimas.

— Ai, cara — repetiu Robbie, enquanto gargalhávamos.

— Olha que coisa boa — disse a voz de Raven, num tom de falsidade. — Todos felizes e rindo juntos. Que fofo, não é, Bree?

— Muito fofo — concordou Bree.

Parei de rir e olhei para elas, paradas ao lado da nossa mesa. As pessoas passavam por trás delas, empurrando Bree para perto de mim. Eu ainda me sentia profundamente relaxada, graças a Selene, e, ao olhar para minha ex-melhor amiga, não pude evitar sentir muito a falta dela. Ela me era tão familiar... eu a conhecia desde antes de ela se tornar linda, quando era apenas uma garotinha bonita. Ela nunca passou por uma fase terrivelmente constrangedora, como a maioria das crianças, mas, aos 12 anos, usava aparelho e um corte de cabelo horrível. Eu a conhecia desde antes de ela se interessar por garotos, quando sua mãe e seu irmão ainda moravam com ela e o pai.

Tanta coisa havia mudado.

— Oi, Raven, Bree — disse Cal, ainda sorrindo. — Puxem umas cadeiras... vamos abrir espaço.

Raven pegou um de seus cigarros Gauloise fedidos e bateu com ele no pulso.

— Não, obrigada. Beth disse a vocês que estava caindo fora do coven? — perguntou, a voz soando áspera e nada amigável. Olhei para Bree, que mantinha os olhos fixos em Raven.

— Sim, disse — respondeu Cal, dando de ombros. — Por quê?

Raven e Bree se entreolharam. Um mês antes, Bree e eu ríamos juntas de Raven. Agora elas agiam como se fossem melhores amigas. Fiz um esforço para me ater aos sentimentos de calma e paz.

Bree assentiu quase imperceptivelmente para Raven, que espremeu os lábios no que poderia parecer um sorriso.

— Nós estamos saindo também — anunciou.

Sei que a surpresa ficou estampada no meu rosto, e, quando dei uma rápida olhada em torno da mesa, não havia dúvida de que era compartilhada por todos. Ao meu lado, Cal de repente ficou alerta, franzindo a testa enquanto olhava para elas.

— Não — disse Robbie. — Qual é?

— Por quê? — perguntou Jenna. — Achei que vocês duas estivessem interessadas em Wicca.

— Nós estamos interessadas em Wicca — disse Raven, explicitamente. — Só não estamos interessadas em vocês.

Ela bateu mais forte com o cigarro, e quase pude sentir quanto ela queria acendê-lo.

— Nós nos juntamos a outro coven — anunciou Bree.

Sua expressão me fez lembrar de um garoto do qual fui babá uma vez. Certa noite ele jogou um lagarto vivo na mesa de jantar, durante a refeição, só para ver o que iria acontecer.

— Outro coven! — exclamou Sharon. Ela puxou sua saia curta de camurça para baixo, os braceletes tilintando. — Que outro coven?

— Um diferente — disse Raven, num tom entediado. Ela levantou um ombro e em seguida o deixou cair.

— Bree, não seja idiota — disse Robbie, e suas palavras pareceram magoá-la.

— Criamos nosso próprio grupo — Bree falou para ele, e Raven lançou-lhe um olhar agudo.

Eu me perguntei se Bree deveria manter aquilo em segredo.

— Criaram seu próprio grupo? — perguntou Cal, esfregando o queixo. — O que há de errado com o Cirrus?

— Para falar a verdade, Cal — disse Bree, fria —, não quero participar de um coven com caluniadores e traidores. Preciso confiar nas pessoas com quem pratico magia.

Aquilo era comigo, e talvez com Cal, e senti minhas bochechas queimarem.

Cal arqueou as sobrancelhas.

— Sim, confiança é mesmo importante — falou devagar. — Concordo com vocês nesse ponto. Têm certeza de que podem confiar nas pessoas do seu novo coven?

— Sim — disse Raven, um pouco alto demais. — Você não é o único bruxo da cidade, sabia?

— Não, não sou — concordou Cal. Percebi um traço de irritação em sua voz. Ele passou o braço sobre meus ombros. — Morgana, por exemplo. Seu novo coven tem alguma bruxa de sangue?

Todos os olhos se voltaram para mim.

— Bruxa de sangue? — perguntou Bree, em tom de escárnio.

— Você falou isso no Samhain — lembrou Raven. — Só estava tentando nos provocar.

— Não estava, não — disse Cal.

Engoli em seco e olhei para baixo, torcendo para que aquela conversa terminasse antes que as pessoas tirassem conclusões lógicas.

— Se ela é uma bruxa de sangue — Bree quase resmungava —, então os pais dela também são, certo? Não foi isso que você nos disse? Quero dizer, eu deveria acreditar que Sean e Mary Grace Rowlands são bruxos de sangue?

Cal ficou em silêncio, como se só naquele momento se desse conta de aonde aquilo poderia levar.

— Não importa — falou, e eu me encostei nele, sabendo que Cal estava tentando me proteger. — Não vamos mudar de assunto. Vocês querem mesmo sair do coven?

— Com certeza, querido — disse Raven, pondo o cigarro apagado na boca.

— Bree, pense no que está fazendo — pediu Robbie, e fiquei feliz por ele tentar demovê-la dessa ideia, já que eu não podia.

— Já pensei. Quero sair.

— Bem, tomem cuidado — disse Cal, se levantando. Também me levantei e peguei minha bolsa e minha bandeja. — Lembrem-se de que a maioria dos bruxos são bons, mas não todos. Cuidado onde estão se metendo.

Raven deu uma risada que mais pareceu um latido.

— Que medo! Obrigada pelo conselho.

Cal lançou-lhes um último olhar, então assentiu para mim. Nós nos afastamos do grupo. Devolvi a bandeja no lugar de recolhimento, e saímos do refeitório em direção ao prédio principal.

Cal me acompanhou até o meu armário. Coloquei a combinação e abri a porta enquanto ele esperava.

— Se elas criarem um novo coven, isso nos afeta de algum modo? — perguntei em voz baixa.

Cal jogou seu cabelo preto para trás e deu de ombros.

— Acho que não — falou. — É só que... — Ele beliscou os lábios com dois dedos, pensando.

— O quê?

— Bem, eu me pergunto a quem elas se juntaram. É óbvio que não estão fazendo isso sozinhas. Espero que tomem cuidado. Nem todos os bruxos são... benignos.

Senti a tensão invadir minha paz recém-adquirida e olhei para Cal. Ele me beijou, e havia calor em seus olhos dourados.

— Nos vemos mais tarde.

Ele deu um sorriso radiante e se foi.

11

Conectados

3 de janeiro de 1982.

O velho Jowson perdeu mais três ovelhas ontem à noite. Isso depois de todos os feitiços contra o mal que vínhamos conjurando no último mês. Agora, a maior parte de seu rebanho se foi, e ele não é o único. Ele disse hoje no Eagle and Hare que está quebrado — não tem mais ovelhas suficientes para recomeçar. Não há nada que possa fazer a não ser vender tudo.

Sinto que tudo o que faço é andar por aí fazendo feitiços de proteção. Estamos todos paranoicos, vivendo sob uma sombra maligna. Na semana passada, enfeiticei a perna de Ma, depois que ela a quebrou, andando de bicicleta no vilarejo. Mas mesmo com meu feitiço ela diz que ainda dói, que não se curou direito.

Quero sair daqui. Ultimamente, ser bruxo não está fazendo bem algum a ninguém, pelo contrário, tem feito muito mal. É como se houvesse uma redoma sobre nós, diminuindo nossos poderes. Não sei o que fazer. Angus *tampouco. Ele está preocupado também, mas tenta não demonstrar.*

Maldição! Achei que tivéssemos superado o mal! Agora parece que ele estava apenas adormecido, dormindo entre nós, em nossas camas. O inverno o despertou.

— Bradhadair

Na manhã de quarta-feira, enquanto eu preparava duas torradas para o café da manhã, ouvi passos no andar de cima.

— Mary K.! — falei. — Quem está lá em cima?

Ela piscou.

— Mamãe — disse, voltando a olhar para o gibi. — Não estava se sentindo bem hoje, por isso não foi trabalhar.

Olhei para o topo da cabeça de minha irmã. Minha mãe nunca faltava ao trabalho. Ela era conhecida por já ter saído para mostrar casas durante uma nevasca, quando estava com gripe.

— O que ela tem? — perguntei. — Estava bem ontem à noite, não estava?

Ela e meu pai tinham ido jantar fora sozinhos, algo que quase nunca faziam. Imaginei que estivessem tentando me evitar, e esperei por eles, mas, às onze e meia, acabei me rendendo e fui para a cama.

— Não sei. Talvez ela apenas quisesse uma folga.

— Hum. — Talvez essa fosse minha chance: subir e fazê-la responder a todas as minhas perguntas.

Por outro lado, eu me atrasaria para a escola. E Cal estava lá. Além disso, se ela quisesse me contar alguma coisa, já teria contado. Certo?

Suspirei. Ou talvez a verdade fosse que, agora que tinha a chance bem na minha frente, eu estivesse com medo de aproveitá-la. Com medo do que poderia descobrir.

Minhas torradas pularam da torradeira e se quebraram na bancada da cozinha. Juntei os pedaços num papel toalha e dei um chutinho de leve na minha irmã.

— Vamos. A educação nos espera.

Mamãe estaria em casa quando eu voltasse e então poderia falar com ela.

Mary K. assentiu e vestiu o casaco.

Minha grande confrontação não funcionou como eu havia planejado. Quando voltei da escola, tinha me preparado para uma cena. Fui ao quarto da minha mãe, abri a porta... e a encontrei dormindo. As mechas do cabelo vermelho estavam espalhadas pelo travesseiro, e mais uma vez notei os fios prateados entre elas. Era imaginação minha ou havia mais do que havia alguns dias antes?

Ela parecia tão cansada. Não tive coragem de acordá-la.

Saí dali como um rato. Então Tamara ligou e perguntou se eu poderia ir estudar com ela para um teste de cálculo. E eu fui. Qualquer coisa para sair de casa.

Jantei na casa de Tamara, e, quando voltei, meu pai e minha mãe já tinham ido dormir.

Fui ao escritório e liguei o computador. Queria entrar num site sobre Wicca para ver se descobria o significado das runas no batente da porta de Selene Belltower. Ainda podia me lembrar de pelo menos cinco delas. Também queria ver de novo a árvore genealógica de Maeve Riordan. Talvez houvesse alguma ligação que eu não tivesse notado, ou alguma outra informação que tivesse deixado passar.

Enquanto o computador iniciava, me sentei ali, roendo a unha do polegar e pensando. Quanto mais meus pais evitavam responder às minhas perguntas, mais tensa uma parte de mim ficava. Mas também tenho que admitir que outra parte de mim estava quase feliz com esses adiamentos. Honestamente, eu tinha medo de como toda a cena poderia ser feia e dolorosa.

Eu me loguei e acessei o endereço de que me lembrava da outra vez. Mas em vez da árvore genealógica de Maeve apareceu uma mensagem na tela:

Página não encontrada. A página que você está procurando não está disponível no momento. O site pode estar passando por problemas técnicos ou talvez você deva ajustar suas opções de navegação.

Franzi a testa. Será que eu tinha digitado o endereço errado? Digitei Maeve Riordan e fiz uma busca. Apareceram 26 resultados.

Da última vez tinham sido 27.

Rolei rapidamente a lista. Nenhum HTML. O que tinha acontecido com o site de genealogia?

Tentei uma busca por *Ballynigel*. Isso me levou a um site de mapas, e uma janela se abriu, mostrando o mapa da Irlanda. Ballynigel era um ponto na Costa Oeste. Não dava para dar zoom.

Digitei *Belwicket* e cliquei no botão de pesquisar. Não obtive nenhum resultado.

Bati no teclado, frustrada. O site tinha sumido. Simplesmente sumido. Como se nunca tivesse existido.

Disse a mim mesma que não ficasse muito abalada. Talvez estivesse sendo atualizado, aprimorado ou algo assim. Eu tentaria de novo em alguns dias, ele deveria estar de novo no ar.

Fechando os olhos por um momento, joguei a cabeça para trás e respirei profundamente. Então, me sentindo mais calma, digitei um endereço que Ethan havia me passado, de um site sobre runas.

A página abriu num instante, e símbolos misteriosos brilharam diante de meus olhos. Eu me inclinei mais para perto, afastando as preocupações para o fundo da mente enquanto começava a ler.

Quase uma hora depois me desconectei e desliguei o computador. Quando fechei os olhos, runas ainda dançavam à minha frente. Eu tinha aprendido muito esta noite.

Peguei uma caneta e desenhei minha nova runa favorita num bloco de papel que ficava ao lado do teclado. Ken: parecia um V de lado. Significava fogo, inspiração e espírito apaixonado. Era tão simples e ao mesmo tempo tão forte.

Embaixo dele, desenhei minha outra runa favorita: Ur, força.

Suspirei. Precisava muito disso nesse momento.

Na tarde de quinta-feira, fiquei assustada quando mamãe entrou na sala de estar. Eu estava assistindo ao programa da Oprah e fazendo meu dever de casa de história americana.

— Oi, Morgana — disse ela, hesitante. Duas presilhas mantinham seu cabelo escovado longe do seu rosto. Ela não usava maquiagem, mas vestia um belo terninho com folhas bordadas. — Onde está Mary K.?

— Eu a deixei na casa de Jaycee.

— Ah, tudo bem. — Mamãe foi até a parede do outro lado e pegou um vaso de argila que eu tinha feito na terceira série, depois o devolveu à prateleira. — Ei, não vi Bree por aqui esta semana.

Engoli em seco com dificuldade, repassando a cena de ontem no refeitório, quando Bree e Raven anunciaram que estavam criando o próprio coven. Eu não achava que Bree fosse voltar a passar muito tempo comigo.

Mas nesse momento eu não tinha forças para falar sobre isso com minha mãe. Então, apenas disse:

— Acho que ela tem estado muito ocupada.

— Humm. — Para minha surpresa, mamãe aceitou essa resposta. Ela vagou um pouco mais pela sala, pegando coisas e pondo-as de volta no lugar. Então disse abruptamente: — Mary K. disse que você arrumou um namorado.

— Hein? Ah, sim — falei, surpresa, dando-me conta de que ela não sabia sobre Cal. É claro. Como poderia saber? Cal e a descoberta sobre meu nascimento aconteceram quase ao mesmo tempo. — O nome dele é Cal Blaire — expliquei, meio sem graça.

Para começar nunca tínhamos conversado sobre garotos. Nunca houvera o que falar. Em segundo lugar, por que eu seria obrigada a lhe contar o que quer que fosse? Ela obviamente não tinha problemas em guardar segredos de mim.

Mas, ainda assim, eu passara dezesseis anos pensando que ela era minha mãe. Era um hábito difícil de superar.

— Ele e a mãe se mudaram para cá em setembro — acrescentei.

Mamãe se apoiou no batente da porta.

— O que ele pensa dessa coisa de bruxaria?

Pisquei e desliguei a TV com um gesto rápido.

— Hum, ele gosta — respondi, rígida.

Mamãe assentiu.

— Por que você nunca me contou que sou adotada? — indaguei, as palavras saindo depressa, agora que eu tive a oportunidade.

Eu a vi engolir em seco enquanto pensava na resposta.

— Havia bons motivos na época — disse por fim. O silêncio da casa parecia enfatizar suas palavras.

— Todo mundo diz que se deve ser sincero com relação a isso — argumentei.

Eu já sentia minha garganta se apertar, e, de repente, meus nervos estavam em frangalhos.

— Eu sei — disse mamãe, baixinho. — Sei que você quer... precisa... de algumas respostas.

— Eu *mereço* algumas respostas! — retruquei, erguendo a voz. — Você e papai mentiram para mim por dezesseis anos! Mentiram para Mary K.! E todos os outros sabiam a verdade!

Ela balançou a cabeça, com um olhar estranho.

— Ninguém sabe toda a verdade — disse ela. — Nem mesmo eu e seu pai.

— O que você quer dizer com isso? — Cruzei os braços. Tentava me prender à raiva, para não chorar.

— Seu pai e eu andamos conversando. Sabemos que você quer saber. E vamos te contar. Em breve.

— Quando? — disparei.

Mamãe deu um sorriso estranho, como se fosse uma piada particular. Ela estava tão calma e ainda assim parecia tão frágil que era difícil para mim continuar zangada. Não havia nada ali contra o que lutar, e isso me irritava ainda mais.

— Foram dezesseis anos — disse ela, em tom gentil. — Apenas nos dê mais alguns dias. Preciso de tempo para pensar.

Eu a encarei, incrédula, mas com aquele mesmo sorriso estranho ela passou a mão de leve pelo meu rosto e saiu da sala.

Por algum motivo, a lembrança de me enfiar na cama dos meus pais de noite, quando era pequena, me veio à mente. Eu costumava rastejar para o meio deles e imediatamente pegava no sono. Nada nunca parecera tão seguro. Agora isso parecia estranho. Minhas lembranças da infância estavam sendo revisadas todos os dias.

O telefone tocou, e me agarrei a ele como se fosse uma corda de salvamento. Sabia que era Cal.

— Oi — disse ele, antes que eu pudesse falar, e uma sensação quente de conforto me invadiu. — Senti sua falta. Posso ir aí?

Passei do profundo desespero à profunda alegria em um segundo.

— Na verdade, será que eu posso ir aí? — perguntei.
— Você não se importa?
— Deus, não. Daqui a pouco estou aí, ok?
— Ótimo.

Saí de casa depressa, correndo para a felicidade.

* * *

Cal me encontrou na porta de sua casa. Já estava quase escuro, e o ar, pesado e úmido, como se fosse nevar cedo nesse ano.

— Só posso ficar um pouco — falei, um pouco ofegante.

— Obrigado por vir — disse ele, me levando para dentro. — Eu poderia ter ido à sua casa.

Balancei a cabeça, tirando o casaco.

— Você tem mais privacidade aqui. Sua mãe está em casa?

— Não — disse Cal, enquanto começávamos a subir as escadas em direção ao quarto dele. — Ela está no hospital com uma pessoa de seu coven. Tenho que ir até lá mais tarde ajudá-la.

Ocorreu-me que nós dois estávamos sozinhos em casa. Um pequeno tremor de antecipação percorreu meu corpo.

— Eu me esqueci de perguntar a Robbie hoje — começou Cal, abrindo a porta do seu quarto no sótão —, ele vai precisar de óculos novos?

— Não sei. Vão fazer mais testes.

Esfreguei os braços quando entramos no quarto de Cal, embora estivesse bem quente. Eu me sentia confortável ali, com ele. O resto da minha vida podia estar uma confusão, mas ali eu sabia que tinha poder. E sabia que Cal entendia. Isso me dava uma maravilhosa sensação de alívio.

Olhando em torno do quarto, lembrei-me da noite em que fizemos um círculo ali, e eu vi as auras de todo mundo. Tinha sido tão sedutor, ser tocada pela magia.

Como era possível que alguém não quisesse perseguir isso?

Atrás de mim, Cal tocou meu braço, e me virei para ele. Cal sorriu para mim.

— Gosto de ter você aqui — confessou. — E estou feliz que tenha vindo. Queria te dar uma coisa.

Ergui os olhos para ele, numa pergunta.

— Aqui.

Ele levantou o braço e desfez o nó do fio de couro em volta do seu pescoço. Seu pentagrama de prata oscilou, captando a luz da lâmpada, e brilhou. Aquele colar tinha sido uma das primeiras coisas que eu notara nele, e lembro-me de ter pensado no quanto gostava dele. Eu me aproximei, e Cal o amarrou em volta do meu pescoço. Ele caiu até um ponto acima do meu esterno, e ele passou o dedo em volta dele, na minha camiseta.

— Obrigada — sussurrei. — É lindo.

Erguendo a mão, eu a pus atrás de seu pescoço e o puxei para mim. Nós nos beijamos.

— Como estão as coisas em casa? — perguntou-me um momento depois, ainda me abraçando.

Eu sentia que podia contar qualquer coisa a ele.

— Estranhas — falei. Eu me afastei de seus braços e andei pelo quarto. — Mal vejo meus pais. Hoje mamãe estava em casa, perguntei sobre a adoção, e ela disse que precisava de mais tempo.

Balancei a cabeça, olhando para a alta estante de Cal, suas fileiras de livros sobre bruxaria, feitiços, ervas, runas... eu queria me sentar, começar a ler e não me levantar por um bom tempo.

— Cada vez que penso em como eles mentiram para mim, fico furiosa — revelei a Cal, cerrando os punhos. Expirei. — Mas hoje minha mãe parecia... não sei. Mais velha. Frágil, de certo modo.

Parei perto da cama dele. Cal andou até mim e esfregou minhas costas. Peguei sua mão e levei ao meu rosto.

— Parte de mim sente que eles não são minha família verdadeira — falei. — E outra parte pensa que é claro que são. Eles se sentem minha família de verdade.

Ele assentiu, sua mão subindo e descendo pelo meu braço.

— É estranho quando pessoas que você achava que conhecia muito bem de repente parecem diferentes por algum motivo.

Ele falava como se soubesse disso por experiência própria, e ergui os olhos para ele.

— Como meu pai — explicou. — Ele era o sumo sacerdote do coven da minha mãe quando eles se casaram. E conheceu outra mulher, outra bruxa, no coven. Mamãe e eu fazíamos piadas sem graça sobre como ela havia posto um feitiço de amor nele, mas, na verdade, no fim das contas, eu acho que ele apenas... a amava mais.

Percebi a dor em sua voz e apoiei a cabeça em seu peito, passando os braços em volta de sua cintura.

— Agora eles moram no nordeste da Inglaterra — prosseguiu Cal. Seu peito vibrava contra minha orelha enquanto ele falava. — Ela tinha um filho da minha idade, de seu primeiro casamento, e acho que eles tiveram outros dois filhos juntos.

— Isso é terrível — falei.

Ele inspirou e expirou devagar.

— Não sei. Talvez eu apenas esteja acostumado com isso agora. Mas acho que é assim que as coisas são. Nada é estático. As coisas sempre mudam. O melhor que você pode fazer é mudar com elas e aceitar o que tem.

Fiquei em silêncio, pensando na minha situação.

— Acho que o importante é superar a raiva e os sentimentos negativos, porque eles atrapalham a magia — disse Cal. — É difícil, mas às vezes você tem que deixar de lado esses sentimentos.

Sua voz falhou, e ficamos ali, confortáveis, por um tempo. Por fim, olhei para o relógio, relutante.

— Por falar em ir embora, tenho que ir.

— Já? — perguntou Cal, inclinando-se para me beijar. Ele murmurou alguma coisa contra meus lábios.

Sorrindo, me livrei de seu abraço.

— O que você disse?

— Nada. — Ele balançou a cabeça. — Eu não deveria ter dito nada.

— O quê? — perguntei de novo, agora preocupada. — O que há de errado?

— Não há nada errado. É só que... de repente pensei em *mùirn beatha dàn*. Você sabe.

Olhei para ele.

— O quê? Do que você está falando?

— Você sabe — insistiu ele, parecendo quase tímido. — *Mùirn beatha dàn*. Você já leu sobre isso, não leu?

Balancei a cabeça.

— O que é isso?

— Hum... alma gêmea. — explicou Cal. — Um companheiro para a vida. O parceiro predestinado.

Meu coração quase parou de bater, e minha respiração ficou presa na garganta. Eu não conseguia falar.

— No tipo de Wicca que pratico — explicou Cal —, nós acreditamos que, para cada bruxo, há uma verdadeira alma gêmea que também é um bruxo de sangue; homem ou mulher, não importa. Eles estão conectados e pertencem um ao outro e, basicamente, só serão verdadeiramente felizes juntos. — Ele deu de ombros. — Isso meio que... me veio à mente agora, quando estávamos nos beijando.

— Nunca ouvi falar disso — sussurrei. — Como você sabe se vai acontecer?

Cal deu uma risada irônica.

— Essa é a parte complicada. Às vezes não é tão simples. E, claro, as pessoas têm desejos fortes: podem escolher com quem ficar, insistem em acreditar que aquela é sua *mùirn beatha dàn* quando na verdade estão enganadas e só não querem admitir.

Eu me perguntei se ele estava se referindo aos seus pais.

— Há algum modo infalível de descobrir? — perguntei.

— Ouvi falar de feitiços que se pode fazer: uns bem complicados. Mas a maioria dos bruxos apenas confia em seus sentimentos, sonhos e instintos. Apenas sentem que a pessoa é aquela, e vão em frente.

Eu me sentia exultante, como se estivesse prestes a levantar voo.

— E você acha... que talvez estejamos conectados desse jeito? — perguntei, sem fôlego.

Ele tocou meu rosto.

— Sim, acho que devemos estar — falou, a voz rouca.

Meus olhos se arregalaram.

— E agora? — disparei, e ele riu.

— Nós esperamos; ficamos juntos. Terminamos de crescer juntos.

Era uma ideia tão incrível, maravilhosa e atraente que tive vontade de gritar: "eu te amo! E vamos ficar juntos para sempre! Sou a pessoa certa para você, e você é o cara certo para mim!"

— Como é mesmo que se chama? — perguntei.

— *Mùirn beatha dàn* — repetiu Cal devagar, as palavras soando antigas, adoráveis e misteriosas.

Eu disse baixinho.

— Isso — elogiou ele, e nos beijamos de novo.

Vários minutos depois, eu me afastei dele.

— Ah, não, tenho mesmo que ir! Vou me atrasar!

— Tudo bem — disse Cal, e saímos do quarto dele.

Foi tão difícil deixar aquele lugar onde tudo parecia tão certo. Ainda mais sabendo que eu tinha que ir para casa.

Voltei a pensar na primeira vez que eu visitara o quarto de Cal, quando o coven se reuniu ali.

— Você está chateado por Beth, Raven e Bree terem saído? — indaguei enquanto descíamos as escadas.

Ele pensou por um instante.

— Sim e não — falou. — Não porque acho que não se deve tentar manter uma pessoa em um coven contra sua vontade nem se ela estiver em dúvida. Isso só traz energia negativa. E sim porque todas tinham personalidades desafiadoras e acrescentavam alguma coisa ao grupo. E isso era bom para o coven. — Ele deu de ombros. — Acho que vamos ter que esperar e ver o que acontece.

Vesti meu casaco, desejando que não tivesse que sair no frio. Lá fora, as árvores estavam quase nuas, e as folhas que restavam tinham um tom desbotado de marrom, não importava para onde eu olhasse.

— Ui — gemi, olhando para o Das Boot.

— O outono está tentando se transformar em inverno — disse Cal, sua respiração se condensando no ar frio.

Observei seu peito subir e descer, e um raio de desejo me invadiu. Eu queria tanto tocá-lo, correr minhas mãos pelos seus cabelos, pelas suas costas, beijar seu pescoço e seu peito. Queria estar perto dele. Ser sua *mùirn beatha dàn*.

Mas em vez disso me obriguei a ir embora, remexendo no bolso do casaco em busca da chave do carro, deixando Cal de pé sob a luz da porta de casa. Meu coração estava transbordando e doendo, e eu me sentia pesada de tanta magia.

12

Feitiço de beleza

Imbolc, 1982.

Ó, Deusa, Deusa, por favor, me ajude. Por favor, me ajude. Mathair, sua mão negra se erguendo das cinzas quentes. Meu pequeno Dagda. Meu próprio pa.

Ó, Deusa, vou ficar doente; minha alma está partida. Não consigo suportar essa dor.

— Bradhadair

Naquela noite, meus pais tentaram agir normalmente no jantar, mas eu continuava os encarando, com o olhar cheio de perguntas e, na hora da sobremesa, todos nós fitávamos nossos pratos. Mary K. estava claramente chateada com o silêncio e, assim que o jantar acabou, subiu para o quarto e começou a ouvir música alta. Pelas pancadas que sacudiam o teto, soubemos que ela estava dançando para aliviar o estresse.

Eu não aguentava ficar ali. Se ao menos Cal não estivesse ajudando a mãe. Por impulso, liguei para Janice e fui com ela, Ben Reggio e Tamara ao cinema em Red Kill. Vimos um filme idiota de ação que envolvia um monte de perseguições de moto. Durante todo o tempo em que fiquei sentada na sala escura, fiquei pensando *mùirn beatha dàn*, sem parar.

Na manhã de sábado, papai foi varrer as folhas do quintal e podar moitas e árvores para que não se quebrassem durante as tempestades de gelo do inverno. Depois do café da manhã, mamãe saiu para ir à reunião do clube de senhoras da igreja.

Vesti o casaco e saí para me juntar a meu pai.

— Quando vocês vão me contar? — perguntei, simplesmente. — Vão apenas fingir que nada aconteceu?

Ele fez uma pausa e se apoiou no ancinho por um momento.

— Não, Morgana — disse por fim. — Não poderíamos fazer isso, por mais que quiséssemos.

Sua voz era suave, e mais uma vez senti minha raiva diminuir. Eu estava determinada a não deixá-la ir, e chutei uma pilha de folhas.

— Muito bem. Onde me pegaram? Quem eram meus pais? Vocês os conheciam? O que aconteceu com eles?

Papai se encolheu, como se minhas palavras o machucassem, fisicamente.

— Sei que precisamos conversar sobre isso — admitiu, a voz fraca e áspera. — Mas... preciso de algum tempo.

— Por quê? — explodi, abrindo os braços. — O que estão esperando?

— Desculpe, querida — disse ele, olhando para o chão. — Sei que cometemos muitos erros nos últimos dezesseis anos. Tentamos fazer o melhor. Mas, Morgana. — Ele olhou para mim. — Nós enterramos isso por todo esse tempo. Não é fácil trazer tudo à tona. Sei que você quer respostas, e espero que possamos dá-las a você. Mas não é fácil. E, no fim, talvez você perceba que o melhor era não ter sabido de nada.

Eu o olhei, boquiaberta, depois balancei a cabeça, sem acreditar, e caminhei de volta para casa. O que eu ia fazer?

Sábado à noite, deixei Mary K. na casa de sua amiga Jaycee. Elas iam encontrar Bakker e algumas outras pessoas no cinema. Eu ia encontrar nosso coven na casa de Matt.

— Onde está o carro do Bakker? — perguntei, ao parar em frente à casa de Jaycee.

Mary K. fez uma careta.

— Os pais dele o confiscaram por uma semana depois que ele se saiu mal numa prova de história.

— Ah, que droga — falei. — Bem, divirta-se. Não faça nada que eu não faria.

Mary K. revirou os olhos.

— Ah, Ok — disse, seca. — Nota mental: tentar não dançar nua por aí, fazendo bruxaria. Obrigada pela carona.

Ela saiu e bateu a porta do carro, e a observei entrar na casa de Jaycee.

Suspirei e dirigi até a casa de Matt, seguindo suas instruções até os limites da cidade. Dez minutos depois, parei na frente de uma moderna casa baixa de tijolos, e Jenna me deixou entrar.

— Oi — disse ela, alegre. — Entre. Estamos na sala de estar. Não consigo me lembrar... você já esteve aqui antes?

— Não — respondi, pendurando o casaco num gancho de metal. — Os pais de Matt estão?

Jenna balançou a cabeça negativamente.

— O pai dele tinha um congresso de medicina na Flórida, e a mãe foi junto. Temos a casa toda para nós.

— Legal — falei, seguindo-a.

Viramos à direita, numa grande sala de estar, um retângulo branco com uma parede toda de vidro. Acho que dava vista para o quintal, mas estava escuro lá fora, e tudo o que eu podia ver eram nossos reflexos.

— Oi, Morgana — cumprimentou Matt. Ele estava usando jeans e uma velha camisa de um time de rúgbi. — Bem-vinda à Adler Hall.

Nós dois rimos enquanto Sharon entrava na sala.

— Oi, Morgana — disse ela. — Matt, qual é a desses móveis bizarros?

— Minha mãe está numa onda de coisas da década de 1960 — explicou ele.

Ethan levantou a cabeça do encosto do sofá de veludo vermelho. O sofá era tão fundo que dava a impressão de que iria engoli-lo. Uma luminária de chão branca, em forma de globo, com um dos lados retos, pairava acima de sua cabeça.

— Sinto como se eu tivesse voltado no tempo — disse ele. — Só falta um daqueles cantinhos para conversas, com os sofás numa área rebaixada.

— Tem um desses no estúdio — revelou Matt, sorrindo.

A campainha tocou, e senti um leve tremor de reconhecimento antes mesmo de Jenna abrir a porta. Cal, pensei, alegre, um formigamento descendo pela minha espinha. *Mùirn beatha dàn.* Instantes depois, ouvi sua voz cumprimentando Jenna. Todas as minhas terminações nervosas ganharam vida ao ouvir aquele som e me lembrar de ontem, no quarto dele.

— Alguém quer um chá, água ou refrigerante? — Ofereceu Matt enquanto Cal entrava na sala, segurando uma sacola de couro grande e gasta. — Não temos álcool em casa porque meu pai frequenta o AA.

Essa confissão sincera me assustou.

— Água está ótimo. — Passei por Cal e lhe dei um beijo rápido, maravilhada com minha ousadia.

A campainha tocou de novo. Um instante depois, Matt voltou, trazendo algumas garrafas de água com gás. Robbie estava bem atrás dele e disse:

— Oi.

Eu o encarei. Acho que já devia ter me acostumado, mas não. Era como se a personalidade de Robbie e suas péssimas aptidões sociais tivessem sido transportadas para dentro do corpo de um astro adolescente.

— Cadê seus óculos? — perguntei.

Robbie pegou uma garrafa de água com Matt e tirou a tampa.

— Olha que coisa estranha — falou, devagar. — Não preciso mais deles.

— Como assim não precisa mais deles? — indaguei. — Você fez cirurgia de correção e não me contou?

— Não — respondeu ele. — Por isso fiz todos aqueles exames essa semana. Parece que minha visão simplesmente melhorou. Eu estava com dores de cabeça porque não precisava mais dos óculos e eles estavam forçando meus olhos.

Ele não pareceu feliz, e levei alguns momentos para perceber que, pouco a pouco, todos voltaram sua atenção para mim.

— Não! — falei com firmeza. — Definitivamente não fiz outro feitiço! De verdade... Eu juro! Prometi a Robbie e a todo mundo que não faria outro feitiço, e não fiz! Não fiz feitiço nenhum!

Robbie olhou para mim com seus olhos claros, azul-acinzentados, não mais escondidos atrás das lentes grossas que os distorciam.

— Morgana — pressionou.

— Eu juro! Eu te dou minha palavra — falei, levantando a mão direita. Robbie não parecia convencido. — Robbie! Acredite em mim!

Sua expressão mostrava um certo conflito.

— Então o que poderia ser? — perguntou. — A visão não melhora assim. Quero dizer, até a forma dos meus olhos mudou. Tive que fazer ressonância magnética para ver se tinha um tumor no cérebro.

— Meu Deus — murmurou Matt.

— Não sei — falei, desesperada. — Mas não fui eu.

— É incrível — disse Jenna, parecendo sem fôlego. — Alguma outra pessoa poderia ter feito um feitiço para ele?

— Eu poderia — falou Cal, pensativo. — Mas não fiz. Morgana, você se lembra das palavras exatas dos seu feitiço?

— Sim — falei. — Mas eu pus o feitiço na poção que dei a ele, não em Robbie.

— É verdade — disse Cal, refletindo. — Embora, se a poção devesse funcionar nele, de algum modo... Quais eram as palavras?

Engoli em seco, me lembrando.

— Humm... "Então se mostra a beleza interior antes à espreita. Esta poção faz suas imperfeições perfeitas. Esta água curativa purifica você. E sua beleza todos poderão ver."

— Foi só isso? — Perguntou Sharon. — Deus, por que você não fez isso antes?

— Sharon — repreendeu Robbie, irritado.

— Ok, ok — interveio Cal. — Temos algumas possibilidades aqui. Uma é a de que os olhos de Robbie tenham se curado espontaneamente, graças a um milagre insondável.

Ethan bufou, e Sharon lançou-lhe um olhar repreensivo.

— A segunda possibilidade — prosseguiu Cal — é que o feitiço de Morgana não tenha sido específico o bastante, não tenha se limitado à pele de Robbie. Era um feitiço para eliminar cicatrizes, imperfeições. Os olhos dele eram imperfeitos; agora não são mais. Como sua pele.

A enormidade daquele raciocínio apenas começava a ser absorvida quando Ethan disse, alegre:

— Ótimo! Mal posso esperar para ver o que o feitiço vai fazer com a personalidade dele!

Jenna não conseguiu conter o riso. Sem forças, eu me deixei afundar numa cadeira em forma de uma gigante mão em concha.

— A terceira possibilidade — disse Cal — é que alguém, não sabemos quem, tenha feito um feitiço para Robbie. Não parece muito provável. Por que um estranho faria isso? Não. Acho mais provável que o feitiço de Morgana apenas continue a consertar as coisas.

— Isso é meio assustador — falei, gelada. Eu tinha mesmo esse tipo de poder?

— É bastante incomum. É por isso que vocês não devem fazer feitiços até que tenham aprendido mais — aconselhou Cal. Eu me sentia péssima. — Quando começarmos a aprender feitiços, vou ensinar vocês a limitá-los. Os limites são a coisa mais importante, assim como canalizar o poder. Quando faz um feitiço, você precisa limitar seu tempo, seu efeito, seu objetivo, duração e alvo.

— Ah, não. — Apoiei a cabeça nas mãos. — Não fiz nada disso.

— E, na verdade, pensando nisso agora, você baniu as limitações no nosso primeiro círculo. Lembra? — perguntou Cal. — Isso também pode ter alguma influência.

— E agora? — questionou Robbie. — O que mais vai mudar?

— Provavelmente não muito mais — disse Cal. — Pelo menos, embora Morgana seja muito poderosa, ela ainda é só uma iniciante. Não está em pleno contato com seus poderes.

Fiquei feliz que ele não tenha me chamado de bruxa de sangue de novo. Por enquanto queria que as pessoas esquecessem isso.

— Além disso, esse tipo de feitiço costuma ser autolimitante — argumentou. — Quero dizer, a poção era para o seu rosto, e você a usou apenas no rosto, certo? Você não a bebeu nem nada, não é?

— Meu Deus, não — disse Robbie.

Cal deu de ombros.

— Então ela só está consertando essa área, incluindo seus olhos. É incomum, mas acho que não é impossível.

— Não acredito nisso — murmurei, escondendo o rosto. — Sou uma idiota. Não acredito que fiz isso. Lamento muito, muito mesmo, Robbie.

— Lamenta o quê? — perguntou Ethan. — Agora ele pode ser piloto de avião.

Sharon riu, mas depois se conteve.

— Então você acha que não vai acontecer mais nada? — perguntou Robbie a Cal.

— Não sei. — Cal sorriu. — Você tem se sentido especialmente inteligente? Poderia estar afetando seu cérebro.

Gemi de novo.

Cal me cutucou.

— Estou só brincando. Provavelmente está acabado. Pare de se preocupar.

Ele bateu palmas duas vezes.

— Bem, acho que é hora de começarmos a falar de feitiços e limitações.

Embora alguns dos outros tivessem rido, eu não consegui.

— Este é nosso primeiro círculo sem Bree, Raven e Beth — disse Cal.

— Vou sentir falta delas — falou Jenna, baixinho. Seus olhos detiveram-se em mim, e perguntei-me se ela achava que era culpa minha elas terem saído.

Cal assentiu.

— É. Eu também. Mas talvez sem elas a gente consiga focar mais. Vamos descobrir.

Nós nos sentamos em um círculo no chão, em volta de Cal.

— Primeiro, vamos falar sobre os clãs — começou ele. — Vocês sabem que todos eles tinham características associadas. Os Brightendales eram curandeiros. Os Woodbanes, o clã sombrio, supostamente lutavam por poder a qualquer custo.

— Oh — disse Robbie. Ele me lançou um olhar zombeteiro, como se estivesse com medo. Mas eu tremi. Só de pensar nos Woodbanes me dava calafrios. Eu não achava que fosse algo com que fazer piada.

— Os Burnhides eram conhecidos por sua magia com cristais e pedras preciosas — prosseguiu Cal. — Os Leapvaughns pregavam peças. Os Vikroths eram guerreiros. E por aí vai. — Ele olhou em torno do círculo. — Bem, assim como cada clã tinha suas características, também tinham certas runas que costumavam usar. Então... acho que é hora de dar uma olhada em algumas delas.

Cal abriu sua grande bolsa de couro e pegou um molho do que pareciam cartões de indexação. Ele os levantou, mostrando a nós, e vi que cada um tinha uma grande runa desenhada.

— Cartões de runas! — exclamei, e Cal assentiu.

— Basicamente — falou. — Usar as runas é um modo rápido de entrar em contato com uma antiga e profunda fonte de poder. Hoje só quero mostrá-las a vocês; concentrem-se em cada uma delas. Cada símbolo tem muitos significados. Estão todos aí para vocês se estiverem abertos.

Todos observamos, fascinados, enquanto ele mostrava os cartões brancos, um a um, lendo os nomes das runas e nos explicando seus usos tradicionais.

— Há nomes diferentes para cada símbolo. Os nomes dependem de se você está seguindo a tradição escandinava, alemã ou celta — esclareceu Cal. — Mais para a frente falaremos que runas estão associadas a cada clã.

— Isso é tão bonito — disse Sharon. — Adoro a ideia de que as pessoas as usaram por milhares de anos.

Ethan se virou para ela, assentindo em concordância. Vi seus olhares se cruzarem e se sustentarem.

Quem diria que Sharon Goodfine acharia a Wicca bonita? Ou que Ethan ousaria gostar dela? A bruxaria estava nos revelando não apenas a nós mesmos, mas uns aos outros.

— Vamos fazer um círculo — disse Cal.

13
Luz da estrela

17 de março de 1982.

Dia de São Patrício na cidade de Nova York. Lá embaixo, a cidade comemora um feriado que importaram da minha terra, mas não posso me juntar a eles. Angus saiu para procurar emprego. Estou aqui sentada à janela, chorando, embora a Deusa saiba que não me restam mais lágrimas.

Tudo que eu conhecia e amava acabou. Minha cidade foi completamente incendiada. Minha ma e meu pa estão mortos, embora ainda me custe acreditar nisso. Meu gatinho Dagda. Meus amigos. Belwicket foi exterminado, nossos caldeirões quebrados, nossas vassouras partidas, nossas ervas viraram fumaça sobre nossas cabeças.

Como isso aconteceu? Por que não morri como tantos outros? Por que só Angus e eu sobrevivemos?

Odeio Nova York, odeio tudo aqui. O barulho embota meus ouvidos. Não posso sentir o cheiro de nada vivo. Não posso sentir o cheiro do mar nem ouvi-lo ao fundo, como uma canção de ninar. Há pessoas em toda parte, *espremidas como sardinhas. A cidade é imunda; as pessoas são grosseiras e comuns. Sinto saudades de casa.*

Não há magia neste lugar.

E, se não há magia, com certeza também não há o mal verdadeiro, certo?

— M. R.

Purificamos nosso círculo com sal e invocamos a terra, o ar, a água e o fogo com uma tigela de sal, um palito de incenso, uma tigela de água e uma vela. Cal nos mostrou as runas que simbolizavam esses elementos, e nós as memorizamos.

— Vamos tentar conjurar a energia e direcioná-la — disse ele. — Vamos tentar concentrá-la em nós mesmos, e limitaremos seus efeitos para uma boa noite de sono e uma sensação de bem-estar geral. Alguém tem um problema em especial para o qual gostaria de ajuda?

Seus olhos encontraram os meus, e eu soube que ambos estávamos pensando nos meus pais. Mas Cal deixou por minha conta pedir ajuda na frente de todos, e não falei nada.

— Tipo, ajudem minha meia-irmã a deixar de ser um tormento? — perguntou Sharon.

Eu não sabia que ela tinha uma meia-irmã. Eu estava entre Jenna e Sharon, e suas mãos pareciam pequenas e macias.

Cal riu.

— Você não pode pedir para mudar os outros. Mas *poderia* pedir para que fosse mais fácil para *você* lidar com *ela*.

— Minha asma tem me incomodado desde que o clima esfriou — disse Jenna.

Eu me lembrava de tê-la visto tossir, mas não sabia que ela sofria de asma. Pessoas como Jenna, Sharon, Bree — elas controlavam a escola. Eu nunca havia pensado que pudessem ter problemas ou dificuldades. Não até a Wicca entrar em nossas vidas.

— Ok, a asma de Jenna — concordou Cal. — Mais alguma coisa?

Nenhum de nós disse nada.

Cal abaixou a cabeça e fechou os olhos, e fizemos o mesmo. A sala se encheu com nossa respiração regular e profunda, e, pouco a pouco, conforme os minutos passavam, senti nossas respirações se conectarem, entrando em compasso, de modo que inspirávamos e expirávamos juntos.

Então a voz de Cal, forte e ligeiramente rouca, entoou:

— Abençoados sejam os animas, as plantas e todos os seres viventes.

Abençoados sejam a terra, o céu, as nuvens e a chuva.

Abençoadas sejam as pessoas,

As que praticam a Wicca e as que não.

Abençoados sejam a Deusa e o Deus,

E todos os espíritos que nos ajudam.

Abençoado seja. Elevamos nossos corações,

Nossas vozes, nossas almas à Deusa e ao Deus.

À medida que nos movíamos em sentido horário, as palavras eram ditas com ritmo, transformando-se numa canção. Nós meio saltitamos, meio dançamos no círculo, e nosso canto se tornou um grito de alegria que tomou a sala, dominou o ar à nossa volta. Eu estava rindo, sem fôlego, sentindo-me leve, feliz e segura naquele círculo. Ethan sorria, mas parecia atento, o rosto corado e os cachos do cabelo pulando em volta de sua cabeça. O cabelo preto e sedoso de Sharon esvoaçava, e ela estava bonita e despreocupada. Jenna parecia uma rainha fada loura, e Matt estava sério e concentrado. Robbie movia-se com graça e coordenação novas à medida que girávamos cada vez mais rápido. A única coisa de que eu sentia falta no círculo era o rosto de Bree.

Senti a energia aumentar. Ela formou uma espiral à nossa volta, maior, mais forte e girando em nosso círculo. Sob meus pés com meias, o chão da sala de estar era liso e quente, e eu sentia que, se soltasse a mão de Sharon e Jenna, sairia voando pelo teto, em direção ao céu. Quando olhei para cima, ainda cantando as palavras, vi o teto branco balançar e se dissolver, revelando o índigo profundo da noite e o branco e amarelo das estrelas tão brilhantes que piscavam no céu. Maravilhada, olhei mais para cima, vendo as infinitas possibilidades do universo, onde antes havia apenas o teto. Queria esticar a mão e tocar as estrelas e, sem hesitar, soltei minhas mãos e levantei os braços acima da cabeça.

No mesmo instante, todos os outros se soltaram e jogaram os braços para cima, e o círculo parou onde estava enquanto a energia circulante continuava nos rodeando, mais e mais forte. Estiquei a mão para as estrelas, sentindo a energia pressionar minha espinha.

— Guardem a energia dentro de vocês! — gritou Cal, e, automaticamente, pressionei a mão em punho junto ao peito. Inspirei a luz branca e quente, e senti meus medos se dissiparem. Balancei sobre os pés e, mais uma vez, tentei tocar as estrelas. Com os braços acima da cabeça, senti que tocava uma pequena faísca, quente e afiada contra meus dedos. Parecia uma estrela, e recolhi a mão.

Com a luz na mão, olhei para os outros, perguntando-me se eles podiam vê-la. Então Cal estava do meu lado, porque eu sempre canalizava energia demais para me aterrar depois. Mas dessa vez eu me sentia bem — não estava muito tonta nem enjoada, apenas feliz, leve e maravilhada.

— Uau — sussurrou Ethan, olhando para mim.

— O que é isso? — perguntou Sharon.

— Morgana! — exclamou Jenna, espantada.

Sua respiração parecia tensa e difícil. Virei-me para ela. Eu sentia que podia fazer qualquer coisa.

Estendendo a mão, apertei a luz contra o peito dela. Ela sussurrou um "Ah!" baixinho e tracei uma linha de ponta a ponta em sua clavícula. Fechando os olhos, espalmei a mão em seu esterno e senti a luz da estrela se dissolver dentro dela. Jenna engasgou e se desequilibrou, e Cal impôs a mão, mas não tocou em mim. Sob meus dedos, senti os pulmões de Jenna se inflando enquanto ela inspirava. Senti os alvéolos microscópicos se abrindo para receberem o oxigênio, minúsculos vasos capilares o absorvendo; senti quando as veias, desde as menores até as mais grossas, os músculos de seus brônquios, cada um deles se expandia, como um efeito dominó, se alargando, relaxando, absorvendo o oxigênio.

Jenna ofegou.

Abri os olhos e sorri.

— Consigo respirar — disse Jenna, devagar, levando a mão ao peito. — Eu estava começando a ter falta de ar. Sabia que ia precisar do meu inalador depois do círculo e não queria usá-lo na frente de todo mundo. — Os olhos de Jenna procuraram Matt, e ele se aproximou e passou os braços em volta dela. — Ela abriu meus pulmões e os encheu de ar com aquela luz — disse Jenna, impressionada.

— Ok, pare — disse Cal, pegando minhas mãos com gentileza. — Pare de tocar nas coisas. Como no Samhain, talvez fosse melhor você deitar e se aterrar.

Afastei sua mão.

— Não quero me aterrar — falei, bem claramente. — Quero manter isto. — Mexi os dedos, querendo tocar mais alguma coisa, ver o que aconteceria.

Cal olhou para mim, e algo brilhou em seus olhos.

— Só quero manter esta sensação — expliquei.

— Não pode durar para sempre — disse ele. — A energia não fica, tem que ir para algum lugar. Você não vai querer sair por aí destruindo as coisas.

— Não? — falei, rindo.

— Não — garantiu ele.

Então me levou até um espaço aberto no piso de madeira polida, e eu me deitei, sentindo a força da terra sob as minhas costas, sentindo a energia parar de circular dentro de mim, sendo absorvida pelo abraço ancestral da terra. Em poucos minutos, eu me sentia muito mais normal, menos zonza e... menos bêbada, acho. Ou, pelo menos, era assim que eu imaginava que seria ficar bêbada. Não tinha muita experiência no assunto.

— Por que ela consegue fazer isso? — perguntou Matt, o braço em volta de Jenna, num gesto protetor.

Jenna respirava fundo, experimentando a sensação.

— É tão fácil — maravilhou-se. — Eu me sinto tão... descongestionada.

Cal deu uma risada irônica.

— Às vezes isso também me assusta. Morgana faz coisas que seriam incríveis até para uma suma sacerdotisa... alguém com anos e anos de treinamento e experiência. Ela tem muito poder, só isso.

— Você disse que ela é uma bruxa de sangue — lembrou Ethan. — Uma bruxa de sangue, como você. Mas como é isso?

— Não quero falar sobre isso — declarei, me sentando. — Desculpem-me se fiz algo que não devia... de novo. Mas eu não tinha a intenção de fazer nada errado. Só queria dar um jeito na respiração de Jenna. Não quero falar sobre o fato de ser uma bruxa de sangue. Ok?

Seis pares de olhos me encararam. Os membros do meu coven assentiram e concordaram. Só no rosto de Cal li a mensagem de que definitivamente teríamos que conversar sobre isso mais tarde.

— Estou com fome — reclamou Ethan. — Tem alguma coisa para beliscar?

— Claro — disse Matt, dirigindo-se para a cozinha.

— Uma pena não podermos ir nadar de novo — lamentou Jenna.

— Não podemos? — perguntou Cal, com um sorriso travesso para mim. — Por que não? Minha casa não é assim tão longe.

Encolhendo-me, cruzei os braços.

— Nem pensar — argumentou Sharon, para meu alívio. — Mesmo que a água seja aquecida, está fazendo muito frio. Não quero congelar.

— Ah, bem — disse Cal. Matt voltou com uma bacia de pipoca, e Cal pegou um punhado. — Fica para a próxima.

Quando ninguém estava olhando, fiz uma careta para ele, que riu em silêncio.

Encostei-me nele, sentindo-me quente e feliz. Tinha sido um círculo maravilhoso, revigorante, mesmo sem Bree.

Meu sorriso sumiu enquanto eu me perguntava onde e com quem ela e Raven estariam.

14
Lição

7 de maio de 1982.

Estamos partindo deste lugar sem alma. Eu estava trabalhando no caixa de uma lanchonete, e Angus estava no ramo da carne, descarregando enormes vacas americanas e pendurando suas carcaças em ganchos. Sinto minha alma morrendo, e Angus também. Estamos economizando cada centavo para podermos ir embora, para qualquer lugar.

Não temos muitas notícias de casa. Não sobrou ninguém do Belwicket para nos contar o que aconteceu, e os fragmentos de notícia que conseguimos não são suficientes para entendermos nada. Nem sei por que ainda escrevo neste livro; só como diário. Já não é mais um Livro das Sombras. Desde o meu aniversário que não é, quando meu mundo foi destruído. Desde que cheguei não pratiquei mais magia. Angus tampouco. Nem vou mais. Isso não causou nada além de devastação.

Tenho apenas 20 anos e mesmo assim me sinto pronta para morrer.

— M. R.

No dia seguinte, na igreja, tive uma ideia de repente. Olhei de relance para os confessionários escuros. Depois que o serviço terminou, falei aos meus pais que queria me confessar. Eles pareceram um pouco surpresos, mas o que poderiam dizer?

— Não quero ir ao restaurante hoje — acrescentei. — Encontro vocês em casa mais tarde.

Mamãe e papai se entreolharam, e meu pai assentiu. Minha mãe pôs a mão no meu ombro.

— Morgana... — começou, mas balançou a cabeça. — Nada. Vejo você em casa.

Mary K. olhou para mim, mas não disse nada. Tinha o rosto preocupado ao se afastar com meus pais.

Esperei na fila, impaciente, enquanto os paroquianos confessavam seus pecados. Percebi que provavelmente poderia ouvir o que eles diziam, mas não quis tentar. Seria errado. Acho que às vezes o padre Hotchkiss ouvia coisas bem pesadas. E provavelmente outras bem chatas e insignificantes.

Enfim chegou minha vez. Eu me ajoelhei dentro do cubículo e esperei que a pequena janela gradeada se abrisse. Quando isso aconteceu, fiz o sinal da cruz e falei:

— Perdoe-me, Pai, porque eu pequei. Já faz... humm... — pensei depressa. — Quatro meses desde minha última confissão.

— Vá em frente, minha criança — disse o padre Hotchkiss, como fizera a minha vida inteira, sempre que eu me confessava.

— Hum... — Eu não tinha premeditado aquilo e não tinha uma lista de pecados pronta. Realmente não queria falar de algumas coisas que tinha feito. E, de todo modo, não as considerava pecado. — Bem, tenho sentido muita raiva dos meus pais — declarei, com coragem. — Quero dizer, eu os amo e tento respeitá-los, mas recentemente... descobri que sou adotada. — Pronto. Eu tinha dito e, do outro lado da tela, vi a cabeça do padre se levantar ligeiramente enquanto ele absorvia minhas palavras. — Estou chateada e com raiva por eles não terem me contado antes e por ainda não conversarem sobre isso comigo agora — prossegui. — Quero saber mais sobre meus pais biológicos. Quero saber de onde vim.

Houve uma longa pausa enquanto o padre Hotchkiss digeria o que eu dissera.

— Seus pais fizeram o que julgaram ser o melhor — disse ele por fim.

Ele não negou que eu fosse adotada, e eu ainda me sentia humilhada porque praticamente todo mundo sabia, menos eu.

— Minha mãe biológica morreu — falei, pressionando. Engoli em seco, sentindo-me desconfortável, até nervosa por falar disso. — Quero saber mais sobre ela.

— Minha criança — começou o padre, gentilmente —, entendo seus desejos. Não posso dizer que eu não fosse sentir o mesmo em seu lugar. Mas eu lhe digo, e com anos de experiência, que às vezes é melhor deixar o passado para trás.

Lágrimas arderam em meus olhos, mas na verdade eu não esperava nada diferente disso.

— Entendo — sussurrei, tentando não chorar.

— Minha querida, Deus age de formas misteriosas — disse o padre, e não pude acreditar que ele estivesse falando algo tão clichê. Ele prosseguiu: — Por algum motivo, Deus trouxe você a seus pais, e sei que eles não poderiam amá-la mais. Ele os escolheu para você e escolheu você para eles. Seria sábio respeitar a decisão Dele.

Eu me sentei e ponderei aquilo, perguntando-me se seria verdade. Então me dei conta de que havia outras pessoas esperando e que era hora de eu sair.

— Obrigada, padre — falei.

— Reze por orientação, minha querida. E vou rezar por você.

— Ok.

Saí do confessionário, vesti meu casaco e me dirigi para as enormes portas duplas, saindo para o sol brilhante de novembro. Eu tinha que pensar.

Depois de tantos dias cinzentos, era bom andar à luz do sol, esmagando as folhas marrons e úmidas sob os pés. De vez em quando uma folha dourada caía, flutuando em volta de mim, e a cada uma era como mais um segundo passando no relógio que transformava o outono em inverno.

Passei pelo centro de Widow's Vale, olhando as vitrines das lojas. Nossa cidade é antiga. O prédio da prefeitura foi construído em 1692. De vez em quando reparo em como é charmoso e pitoresco. Uma brisa fresca levantou meu cabelo, e senti o cheiro do rio Hudson, margeando a cidade.

Quando cheguei em casa, tinha pensado no que o padre Hotchkiss dissera. Podia ver alguma sabedoria em suas palavras, mas isso não significava que aceitaria não saber a verdade. Não sabia o que fazer. Talvez eu devesse pedir orientação no próximo círculo.

Andar mais de 3 quilômetros tinha me aquecido de um jeito bom, e joguei o casaco sobre uma cadeira na cozinha. Olhei para o relógio. Se minha família tivesse seguido sua rotina no restaurante, ainda demorariam mais ou menos uma hora para chegar. Seria bom ter a casa só para mim por um tempo.

Um barulho no andar de cima me fez congelar. Estranhamente, meu primeiro pensamento foi de que Bree tivesse invadido na minha casa, talvez com Raven, e elas estivessem fazendo um feitiço no meu quarto ou algo assim. Não sei por que não pensei em ladrões ou num esquilo perdido que entrou de algum modo... Apenas pensei em Bree de imediato.

Ouvi sons de briga, e o barulho de um móvel sendo arrastado para fora do lugar. Em silêncio, abri a porta do quartinho dos fundos e peguei meu taco de beisebol. Então tirei os sapatos e subi, só de meias.

Quando cheguei ao patamar da escada, percebi que o barulho vinha do quarto de Mary K. Então ouvi sua voz dizendo:

— Ai! Pare! Que droga, Bakker!

Parei, sem ter certeza do que fazer.

— Saia de cima de mim — disse Mary K., com raiva.

— Ora, pare com isso, Mary K. — respondeu Bakker. — Você disse que me amava! Achei que isso queria dizer...

— Eu falei que não queria fazer isso! — gritou minha irmã.

Escancarei a porta e dei de cara com Bakker Blackburn embolado em minha irmã na cama de solteiro dela. Mary K. sacudia as pernas.

— Ei! — falei alto, fazendo os dois pularem. Eles viraram a cabeça para mim, e vi o alívio nos olhos de Mary K. — Você a ouviu. Dê o fora!

— Nós estávamos apenas conversando — explicou Bakker.

Mary K. empurrava o peito dele, mas Bakker resistia. Senti uma onda de fúria me invadir e levantei o bastão.

Com agilidade, acertei o ombro de Bakker, para chamar sua atenção. Eu não me sentia tão irritada desde minha última briga com Bree.

— Ai! — berrou Bakker. — O que você está fazendo? Ficou maluca?

— Bakker, dê o fora! — insistiu Mary K., empurrando-o. Cheguei o rosto bem perto do de Bakker e, com os dentes trincados, falei, no tom mais ameaçador que consegui:

— Saia agora de cima dela!

O rosto de Bakker ficou pálido, e ele rapidamente se afastou da cama. Parecia envergonhado e com raiva, os olhos sombrios. Então, com um movimento rápido da mão, ele acertou o bastão, me fazendo soltá-lo. Meu queixo caiu de surpresa ao ver a madeira sair voando para o outro lado do quarto.

— Fique fora disso, Morgana — disse ele. — Você não sabe o que está acontecendo. Mary K. e eu estamos apenas conversando.

— Não! — falou Mary K., pulando da cama e puxando a camiseta para baixo. — Você está sendo um babaca! Agora dê o fora!

— Não até você me explicar o que está acontecendo — exigiu Bakker. — Você me chamou! — Ele estava quase gritando. Sua voz enchendo o quarto. — Falou para eu subir! O que eu deveria pensar? Faz quase dois meses que estamos namorando!

Agora Mary K. estava chorando.

— Não era isso que eu tinha em mente — disse, agarrando o travesseiro. — Eu só queria ficar a sós com você.

— E o que você achava que ficar a sós comigo significava? — perguntou ele, de braços abertos. Ele deu um passo na direção dela.

— Olha lá, Bakker — alertei, mas ele me ignorou.

— Não era isso que eu tinha em mente — repetiu Mary K., chorando.

— Meu Deus! — disse ele, inclinando-se para ela. Trinquei os dentes e comecei a avançar lentamente na direção do bastão. — Você não sabe o que quer.

— Cale a boca, Bakker — disparei. — Pelo amor de Deus, ela tem 14 anos.

Mary K. chorava com o rosto escondido no travesseiro.

— Ela é minha namorada! — gritou Bakker. — Eu a amo, e ela me ama, então fique fora disso! Não é assunto seu!

— Não é assunto meu? — Eu não podia acreditar no que estava ouvindo. — É da minha irmã mais nova que você está falando!

Sem planejar, estiquei o braço, apontando o dedo para Bakker. Bem diante dos meus olhos, uma pequena bola de luz azul suave saiu do meu dedo e voou em sua direção, acertando-o no flanco. Era como a luz que eu dera a Jenna na noite anterior, só que diferente. Bakker uivou e tropeçou, segurando com força a lateral do corpo e se agarrando à cabeceira da cama. Olhei para ele, aterrorizada, e ele me encarou de volta, como se de repente eu tivesse criado asas e garras.

— O que diabo... — Ele engasgou, ainda segurando a lateral do corpo.

Eu rezava para que não começasse a escorrer sangue por entre seus dedos. Quando ele afastou a mão, não havia marca alguma em sua camiseta, nem sangue. Respirei aliviada.

— Vou dar o fora daqui — disse ele, com a voz abafada, levantando-se.

Ele se virou para olhar uma última vez para Mary K. Ela estava com o rosto enterrado no travesseiro e não retribuiu o olhar. Com uma última espiadela para mim, Bakker saiu às pressas do quarto e disparou escada abaixo. Momentos depois, a porta da frente bateu, e dei uma olhada na escada para ter certeza de que ele tinha ido embora. Pela janela da porta da frente eu o vi descer a rua a passos largos e rápidos, esfregando a lateral do corpo. Seus lábios se moviam, como se ele estivesse praguejando para si mesmo.

De volta ao quarto de Mary K., ela escondia os olhos num lenço e fungava.

— Meu Deus, Mary K. — falei, sentando-me ao lado dela na cama. — O que foi isso? Por que você não está no restaurante?

Ela voltou a chorar e se recostou em mim. Eu passei os braços em volta dela e a segurei, muito grata por ela não ter se ferido, por eu ter voltado para casa naquela hora. Pela primeira vez em uma semana, senti que éramos como antes, como costumávamos ser. Próximas. À vontade. Confiando uma na outra. Eu tinha sentido muita falta disso.

— Não conte aos nossos pais — pediu ela, as lágrimas encharcando seu rosto. — Eu só queria ver Bakker a sós, então falei para eles que precisava estudar e os fiz me trazerem aqui antes de irem almoçar. É só... nós sempre estávamos com outras pessoas. Não sabia que ele iria pensar...

— Ah, Mary K. — falei, tentando acalmá-la. — Foi um grande mal-entendido, mas não foi culpa sua. Só porque você disse que queria ficar a sós com ele, não significa que era obrigada a ir para a cama com ele. Você queria uma coisa; ele entendeu outra. O problema é que ele foi um babaca. Isso que foi horrível. Eu devia ter chamado a polícia.

Mary K. fungou e se afastou.

— Não acho que ele fosse realmente... me machucar — falou. — Acho que pareceu pior do que era.

— Não acredito que você está defendendo Bakker!

— Não estou — disse minha irmã. — Não o estou defendendo e definitivamente vou terminar com ele.

— Bom — falei, com veemência.

— Mas tenho que dizer que não parecia ele — prosseguiu Mary K. — Ele nunca me pressionou a esse ponto.

sempre escutou quando eu dizia não. Tenho certeza de que ele vai estar profundamente arrependido amanhã.

Eu a encarei com os olhos apertados.

— Mary Kathleen Rowlands, isso não é nada bom. Não se atreva a inventar desculpas para ele. Quando entrei aqui, ele estava imobilizando você!

Ela arqueou as sobrancelhas.

— É — falou.

— E ele tirou o bastão da minha mão com um tapa — falei. — E estava gritando com a gente.

— Eu sei — disse Mary K., parecendo irritada. — Não acredito que ele fez isso.

— Assim está melhor — falei, levantando-me. — Diga que vai terminar com ele.

— Vou terminar com ele — repetiu minha irmã.

— Ok. Agora vou trocar de roupa. É melhor você lavar o rosto e arrumar o quarto antes que mamãe e papai cheguem.

— Ok — disse Mary K., ficando de pé. Ela me deu um sorriso choroso. — Obrigada por me salvar. — Ela estendeu os braços para me abraçar.

— De nada — falei, e me virei para sair.

— Aliás, como você o deteve? Ele disse "ai!" e depois caiu contra a cama. O que você fez?

Pensei rápido.

— Dei um chute no joelho dele e o fiz se dobrar. Ele perdeu o equilíbrio.

Mary K. riu.

— Aposto que ele ficou surpreso.

— Acho que nós dois ficamos — falei, com sinceridade.

Depois, tremendo um pouco, fui para o andar de baixo. Eu tinha atirado uma bola de luz em alguém. Sem dúvida era estranho, mesmo para uma bruxa.

15

Quem eu sou

1º de setembro de 1982.

Hoje vamos embora desse lugar horrível para uma cidade cerca de três horas daqui, ao norte. Chama-se Meshomah Falls. Acho que Meshomah é uma palavra indígena. Há palavras indígenas em tudo que é lugar por aqui. A cidade é pequena e muito bonita, meio parecida com nossa casa.

Já temos emprego — serei garçonete no pequeno café local, e Angus vai ser ajudante de carpinteiro. Vimos pessoas vestidas de um jeito estranho e antiquado na semana passada. Perguntei sobre elas a um morador, e ele me falou que eram do grupo protestante Amish.

Semana passada Angus voltou da Irlanda. Eu não queria que ele fosse e não consegui escrever sobre isso até agora. Ele viajou para a Irlanda, para Ballynigel. Não restou muita coisa da cidade. Todas as casas em que morava um bruxo foram incendiadas e agora eram apenas um terreno plano para reconstrução. Ele disse que não restou nenhum de nós lá, ninguém que pudesse encontrar. Em Much Bencham, ele ouviu as pessoas falarem sobre uma enorme onda negra que varreu a cidade, uma onda sem água. Não sei o que poderia criar ou provocar algo tão grande, tão poderoso. Talvez muitos covens trabalhando juntos.

Fiquei apavorada por ele ir. Achei que nunca mais o veria. Ele queria que nos casássemos antes de sua viagem, mas eu disse que não. Não posso me casar com ninguém. Nada é permanente, e não quero me iludir. De todo modo, ele pegou o dinheiro, foi para casa e encontrou um monte de terrenos vazios, carbonizados.

Agora está aqui, e vamos nos mudar, e, nessa nova cidade, espero que uma nova vida possa começar.

— M. R.

No fim daquela tarde, decidi caçar meus livros de Wicca. Eu me deitei na minha cama e agucei meus sentidos, meio que sentindo meu caminho por toda a casa. Por muito tempo não consegui nada, e comecei a pensar que aquilo era perda de tempo. Mas então, depois de cerca de 45 minutos, percebi que sentia os livros no armário da minha mãe, dentro de uma mala, bem lá no fundo. Fui olhar, e, de fato, estavam ali. Levei-os de volta para o meu quarto e os pus em cima da escrivaninha. Se mamãe e papai quisessem fazer algo com relação a isso, que fizessem. Eu já estava cansada daquele silêncio.

No domingo à noite, eu estava sentada à escrivaninha, fazendo o dever de casa de matemática, quando meus pais bateram à porta do quarto.

160

— Pode entrar — falei.

A porta se abriu, e ouvi música alta vindo do quarto de Mary K. Estremeci. Nossos gostos musicais são completamente diferentes.

Vi meus pais parados na entrada.

— O que foi? — perguntei, fria.

— Podemos entrar? — indagou mamãe.

Dei de ombros.

Meu pai e minha mãe entraram e se sentaram na minha cama. Tentei não olhar para os livros de Wicca na escrivaninha.

Papai pigarreou, e mamãe pegou a mão dele.

— Essa última semana foi muito... difícil para todos nós — disse ela, parecendo relutante e desconfortável. — Você tinha algumas perguntas, e não estávamos prontos para respondê-las.

Esperei.

Ela suspirou.

— Se você não tivesse descoberto, eu provavelmente nunca iria querer lhe contar sobre a adoção — falou, a voz sumindo, até se tornar um sussurro. — Sei que não é isso que as pessoas aconselham. Dizem que todos devem ser abertos, honestos. — Ela balançou a cabeça. — Mas lhe contar não parecia uma boa ideia.

Ela levantou os olhos para fitar meu pai, e ele assentiu.

— Agora você sabe — continuou ela. — Pelo menos uma parte. Talvez seja melhor você saber tanto quanto nós sabemos. Não tenho certeza. Não tenho mais certeza do que é melhor. Mas parece que não temos escolha.

— Tenho o direito de saber — argumentei. — É a minha vida. Não consigo pensar em outra coisa. Está me atormentando, todos os dias.

Mamãe assentiu.

— Sim, percebo isso. — Ela inspirou profundamente e baixou os olhos para as mãos por um instante. — Você sabe que seu pai e eu nos casamos quando eu tinha 22 anos, e ele, 24.

— Ã-hã.

— Queríamos começar uma família imediatamente — disse minha mãe. — Tentamos durante oito anos, sem sorte. Os médicos não paravam de encontrar coisas erradas comigo. Desequilíbrio hormonal, endometriose... Chegou a um ponto em que, todos os meses, eu menstruava e passava três dias chorando porque não estava grávida.

Meu pai mantinha os olhos fixos nela. Ele soltou sua mão da dela e passou o braço em volta do ombro de mamãe.

— Eu rezava a Deus pedindo que me mandasse um bebê. Acendi velas, fiz novenas. Por fim nos cadastramos numa agência de adoção, e eles nos disseram que poderia levar três ou quatro anos. Mas nos cadastramos mesmo assim. Então...

— Então um conhecido nosso, um advogado, nos ligou certa noite — emendou papai.

— Estava chovendo — acrescentou mamãe, enquanto eu pensava em seus amigos, tentando me lembrar de um advogado.

— Ele disse que estava com um bebê — falou meu pai, mexendo-se e escondendo as mãos embaixo dos joelhos. — Uma menininha que precisava ser adotada; uma adoção confidencial.

— Nós nem pensamos — disse mamãe. — Simplesmente aceitamos! Aí ele apareceu naquela noite com a bebê e a entregou a mim. Dei uma olhada e soube que era a *minha* bebê, aquela pela qual eu tinha rezado por tanto tempo. — A voz de mamãe falhou, e ela esfregou os olhos.

— Era você — disse papai, desnecessariamente. Ele sorriu com a lembrança. — Você tinha 7 meses e era tão...

— Tão perfeita — interrompeu mamãe, seu rosto se iluminando. — Era gorducha e saudável, com cabelos cacheados e olhos grandes, e ergueu os olhos para mim... e eu soube que era você. Naquele momento, você se tornou minha filha, e eu teria matado qualquer um que tentasse tirá-la de mim. O advogado disse que seus pais biológicos eram jovens demais para criá-la e que tinham pedido a ele para encontrar um bom lar para você. — Ela balançou a cabeça, recordando. — Nós nem pensamos, não pedimos mais informações. Tudo o que eu sabia era que tinha minha bebê e, honestamente, não me importava de onde você tinha vindo nem por quê.

Eu estava com os dentes trincados e sentia minha garganta fechar. Será que meus pais tinham de dado a outra pessoa para que eu ficasse em segurança pois eles sabiam que, de algum modo, estavam correndo perigo? Será que o advogado dissera a verdade? Ou eu simplesmente havia sido encontrada em algum lugar, depois que eles morreram?

— Você era tudo que nós queríamos — disse papai. — Naquela noite, você dormiu na cama entre nós dois e, no dia seguinte, saímos e compramos todas as coisas de bebês das quais tínhamos ouvido falar. Era como mil Natais, todos os nossos sonhos se tornando realidade, por meio de você.

— Uma semana depois — falou mamãe, fungando —, lemos sobre um incêndio em Meshomah Falls. Dois corpos tinham sido encontrados num celeiro incendiado. Quando foram identificados, os nomes eram os mesmos da sua certidão de nascimento.

— Quisemos saber mais, só que também não queríamos fazer nada que pusesse a adoção em risco — disse meu pai, balançando a cabeça. — Fico com vergonha de admitir isto, mas apenas queríamos ficar com você, independentemente de qualquer coisa.

— Porém, meses mais tarde, depois que a adoção era definitiva... todo o processo foi bem rápido, e por fim tudo estava legalizado e ninguém poderia tirá-la de nós... então tentamos descobrir mais — continuou mamãe.

— Como? — perguntei.

— Tentamos ligar para o advogado, mas ele tinha aceitado um emprego em outro estado. Deixamos recados, mas ele nunca retornou nossas ligações. Foi meio estranho — disse papai. — Parecia até que ele estava nos evitando. Por fim desistimos dele. E aí procuramos os jornais — explicou. — Conversei com o repórter que fizera a matéria sobre o incêndio, e ele me pôs em contato com a polícia de Meshomah. Depois fiz uma pesquisa na Irlanda, quando estive lá numa viagem de trabalho. Isso foi quando você tinha cerca de 2 anos e sua mãe estava grávida de Mary K.

— O que você descobriu? — perguntei, baixinho.

— Tem certeza de que quer saber?

Assenti, agarrando-me à cadeira.

— Quero saber — falei, com a voz mais forte.

Eu sabia o que Alyce tinha me contado e o que eu havia descoberto na biblioteca. Precisava saber mais. Precisava saber de tudo.

— Maeve Riordan e Angus Bramson morreram no incêndio naquele celeiro — disse meu pai, olhando para baixo, como se estivesse lendo as palavras nos sapatos. — O incêndio foi criminoso... um assassinato — esclareceu. — As portas do celeiro tinham sido trancadas por fora, e despejaram gasolina em volta da construção.

Tremi, meus olhos arregalados e fixos no meu pai. Eu não tinha lido em lugar algum que definitivamente fora assassinato.

— Encontraram símbolos em alguns pedaços de madeira queimados — disse mamãe. — Foram identificados como runas, mas ninguém sabia por que estavam gravadas ali ou por que Maeve e Angus foram mortos. Eles eram reservados, não tinham dívidas, iam à igreja aos domingos. O caso nunca foi solucionado.

— E a Irlanda?

Papai assentiu e se remexeu.

— Como falei, fui lá a trabalho, e não tinha muito tempo. Não sabia nem o que procurar. Mas tirei um dia para ir à cidade de onde Maeve Riordan viera, segundo a polícia de Meshomah: Ballynigel. Quando cheguei lá não restava quase nada para ver. Algumas lojas na rua principal e um ou dois prédios de apartamentos horrorosos. Meu guia dizia que era uma curiosa e antiga cidade pesqueira, mas não havia nenhum sinal disso nem do que quer que fosse.

— Você descobriu o que aconteceu?

— Na verdade, não. Havia uma banca de jornais e uma lojinha. Quando perguntei, a senhora me pôs para fora e bateu a porta.

— Pôs você para fora? — perguntei, espantada.

— Foi. Por fim, depois de perambular por ali e não descobrir nada, fui para a cidade vizinha, acho que o nome era Much Bencham... Almocei num pub. Havia um casal de velhinhos sentado no bar, e eles puxaram conversa comigo, perguntando de onde eu era. Comecei a falar, mas assim que mencionei Ballynigel, eles ficaram em silêncio. "Por que você quer saber?", perguntaram, desconfiados. Falei que estava fazendo uma matéria sobre pequenos vilarejos irlandeses para o jornal da minha cidade. Para o caderno de viagens.

Encarei meu pai, incapaz de imaginá-lo mentindo descaradamente para estranhos, seguindo em sua busca para descobrir minha ascendência. Ele sabia de tudo, os dois sabiam, por quase toda a minha vida. E nunca mencionaram uma palavra para mim.

— Para resumir — prosseguiu ele —, finalmente descobri que, até quatro anos antes, Ballynigel *tinha* sido uma cidade pequena e próspera. Mas, em 1982, fora destruída de repente. Destruída pelo mal, disseram.

Eu mal conseguia respirar. Aquilo era parecido com o que Alyce me contara. Minha mãe mordia o lábio inferior, nervosa, sem olhar para mim.

— Eles disseram que Ballynigel tinha sido uma cidade de bruxos, que a maioria da população era descendente de bruxos, havia milhares de anos. Eles os chamaram de os antigos clãs. Falaram que o mal se levantara e destruíra os bruxos, mas não sabiam por quê, mas que nunca se devia arriscar-se com bruxos. — Papai pigarreou. — Eu ri e disse que não acreditava em bruxos, e eles responderam "Azar o seu". Disseram que os bruxos eram reais e que havia um grupo poderoso em Ballynigel, até a noite em que foram destruídos, e toda a cidade com eles. Então tive uma ideia e perguntei se alguém havia escapado. Eles disseram que alguns humanos. Humanos, foi como os chamaram, como se houvesse diferença. "E quanto aos bruxos?", insisti. E eles balançaram a cabeça e disseram que, se algum bruxo tivesse escapado, nunca estaria em segurança, não importava para onde fosse. Que, mais cedo ou mais tarde, seriam caçados e mortos.

Mas dois bruxos tinham fugido e vindo para os Estados Unidos. Onde foram mortos três anos depois.

Mamãe havia parado de fungar e observava meu pai, como se fizesse muitos anos que não ouvia aquela história.

— Voltei para casa e contei tudo para a sua mãe, e, para falar a verdade, nós dois ficamos muito assustados. Pensamos no modo como seus pais biológicos tinham sido assassinados. Aquilo nos assustou. Pensamos que houvesse um psicopata solto por aí, caçando essas pessoas, e que, se ficasse sabendo da sua existência, você não estaria mais segura. Então decidimos continuar tocando a nossa vida e nunca mais voltamos a falar do seu passado.

Fiquei ali sentada, cruzando a história deles com a que Alyce me contara. Pela primeira vez eu quase conseguia entender por que meus pais haviam guardado aquele segredo. Estavam tentando me proteger do que havia matado meus pais biológicos.

— Queríamos mudar seu nome — disse mamãe. — Mas você já era oficialmente Morgana. Então lhe demos um apelido.

— Molly — falei. Eu tinha sido Molly até a quarta série, quando decidi que odiava esse apelido e queria ser chamada de Morgana.

— Isso. E quando você quis voltar a ser chamada de Morgana... bem, já nos sentíamos seguros — falou mamãe. — Tanta coisa havia mudado. Nunca mais tivemos notícias de Meshomah Falls, Ballynigel ou bruxos. Achamos que tudo isso havia ficado para trás.

— Até que encontramos seus livros de Wicca — disse papai. — E tudo voltou, todas as lembranças, as histórias terríveis, o medo. Achei que alguém a tivesse encontrado e lhe dado esses livros por um motivo.

Neguei com a cabeça.

— Eu mesma os comprei.

— Talvez tenhamos sido insensatos — começou mamãe, devagar. — Mas você não faz ideia do que é se preocupar que sua filha possa ser levada embora e talvez machucada. Talvez o que você esteja fazendo seja inocente, e as pessoas com quem tem andado não queiram causar nenhum mal.

— Claro que não querem — rebati, pensando em Cal, na mãe dele e nos meus amigos.

— Mas não podemos evitar o medo — disse meu pai. — Vi uma cidade inteira devastada. Li sobre o celeiro incendiado. Conversei com aquelas pessoas na Irlanda. Se essa é a herança da bruxaria, não querermos ter nada a ver com isso.

Ficamos ali sentados por alguns minutos enquanto eu tentava absorver aquela história. Eu me sentia oprimida pelas emoções, mas grande parte da raiva que sentia havia desaparecido.

— Não sei o que dizer... — Respirei fundo. — Fico feliz que tenham me contado tudo isso. E talvez eu não fosse entender quando era mais nova. Mas ainda acho que vocês deviam ter me contado a parte da adoção antes. Eu devia saber.

Meus pais assentiram, e minha mãe deu um suspiro pesado.

— Mas eu não consigo relacionar a Wicca a essa... tragédia na Irlanda. Para mim, é só... uma estranha coincidência. Quero dizer, a Wicca é parte de mim. E sei que sou uma bruxa. Mas o tipo de coisa que fazemos não é capaz de provocar nada como o que vocês descreveram.

Mamãe parecia querer perguntar mais, mas não queria ouvir as respostas. Ficou em silêncio.

— Como vocês conseguiram ter Mary K.? — perguntei.

— Não sei — disse minha mãe, em voz baixa. — Simplesmente aconteceu. E, depois dela, nunca mais fiquei grávida. Deus queria que eu tivesse duas filhas, e vocês duas trouxeram uma alegria imensurável para nossas vidas. Eu me importo tanto com as duas que não suporto pensar que corram qualquer tipo de perigo. E é por isso que quero que você pare com essa coisa de bruxaria. Estou *implorando* que pare.

Ela começou a chorar, então, claro, chorei também. Era coisa demais para digerir.

— Mas eu não posso! — choraminguei, assoando o nariz. — É parte de mim. É natural. É como ter cabelos castanhos ou pés grandes. Sou só... eu.

— Você não tem pés grandes — objetou papai.

Não pude deixar de rir, apesar das lágrimas.

— Sei que vocês me amam e querem o melhor para mim — falei, secando os olhos. — E eu amo vocês e não quero magoá-los nem decepcioná-los. Mas é como se estivessem me pedindo que não seja mais Morgana. — Ergui os olhos.

— Queremos que você fique em segurança! — disse minha mãe com firmeza, me encarando. — Queremos que seja feliz.

— Eu sou feliz — afirmei. — E tento ficar em segurança o tempo todo.

A música parou de tocar do outro lado do corredor, e ouvimos Mary K. entrar no banheiro que ligava o quarto dela ao meu. A água começou a correr, e nós a ouvimos escovando os dentes. Então a porta bateu de novo e tudo ficou em silêncio.

Olhei para meus pais.

— Obrigada por me contar. Sei que foi difícil, mas estou feliz que tenham feito isso. Eu precisava saber. E vou pensar no que disseram. Prometo.

Mamãe suspirou, e ela e meu pai se entreolharam. Levantaram-se, e nos abraçamos pela primeira vez em uma semana.

— Nós amamos você — disse mamãe, a voz abafada pelos meus cabelos.

— E eu amo vocês — falei.

16
Hostil

15 de dezembro de 1982.

Estamos nos preparando para celebrar o Natal pela primeira vez na vida. Frequentamos a igreja católica da cidade. As pessoas são muito boas. É estranho, toda essa coisa de Natal... é tão parecido com o Yule. A tora Yule, as cores vermelha e verde, o visco na decoração. Essas coisas sempre fizeram parte da minha vida. É estranho estarmos agindo como católicos em vez do que realmente somos.

Esta cidade é boa, tem muito mais verde que Nova York. Aqui posso ver a natureza; posso sentir o cheiro da chuva. Não é um monte de caixas cinzentas cheias de pessoas infelizes correndo de um lado para o outro.

De vez em quando me pego querendo fazer um feitiço para uma coisa ou outra — para me livrar das lesmas no jardim, para que faça mais sol, para ajudar meu pão a crescer. Mas não faço. Minha vida agora é toda clara, e é assim que tem que ser. Nada de feitiços, magia, rituais e versos. Não aqui. Nunca mais.

Aliás, amo nossa casinha. É adorável e fácil de limpar. Estamos juntando dinheiro para comprar nossa própria máquina de lavar. Imagine! Todos nos Estados Unidos têm uma.

Não consigo me esquecer o terror que foi este ano. Está gravado na minha alma para sempre. Mas fico contente por estar neste novo lugar, a salvo, com Angus.

— M.R.

— Você vai ao jogo na sexta? — perguntou-me Tamara.

Tirei meus tamancos e os guardei no fundo do meu armário no ginásio. Como sempre, o vestiário feminino cheirava a uma mistura de suor, talco para bebês e xampu. Tamara vestiu o short de educação física e se sentou para calçar as meias.

— Não sei — respondi, puxando a blusa pela cabeça.

Vesti rapidamente a roupa de ginástica e vi os olhos de Tamara relancearem para o pequeno pentáculo de prata no meu pescoço. Ela desviou o olhar, e não tive certeza se ela entendera seu significado: que era um símbolo do meu comprometimento com a Wicca e com Cal. Eu me abaixei para amarrar os tênis e não falei nada sobre o cordão.

Do outro lado do vestiário, Bree estava junto de seu armário, se trocando. Como Raven era do último ano, era de outra turma. Era estranho ver Bree sozinha.

Os olhos de Bree cruzaram com os meus por um momento, e sua frieza me chocou. Era difícil acreditar que eu não pudesse dividir minhas grandes novidades com ela: descobrir que sou adotada, a história dos meus pais biológicos. Sempre prometemos que contaríamos tudo uma para a outra e, até este ano, fazíamos isso. Ela me contou quando perdeu a virgindade e quando experimentou maconha pela primeira vez, e como tinha descoberto o caso de sua mãe. Minhas confidências tinham sido muito mais banais.

— Adivinhe quem me chamou para sair — disse Tamara, prendendo seus cachinhos num rabo de cavalo volumoso.

— Quem? — perguntei, rapidamente fazendo tranças no meu cabelo, de modo que fiquei parecendo uma Pocahontas irlandesa.

Tamara baixou a voz:

— Chris Holly.

Meus olhos se arregalaram.

— Mentira! O que você disse? — sussurrei.

— Disse não! Primeiro, tenho certeza de que ele só me convidou porque está para ser reprovado em trigonometria e precisa de ajuda e, em segundo lugar, vi como ele foi um babaca com Bree. — Ela me encarou com seus olhos castanho-escuros. — Vocês duas já voltaram a se falar?

Balancei a cabeça, negando.

Tamara fez o mesmo. Enfiei os pés nos tênis e os amarrei.

— Então você correu atrás do Cal?

— Não — falei, sendo sincera. — Quero dizer, eu era louca por ele, mas sabia que Bree também gostava dele. Presumi que fossem ficar juntos. Mas aí... ele me escolheu.

Dando de ombros, enfiei minhas tranças para dentro da camiseta, para que não batessem no rosto de ninguém. Então, a Sra. Lew, nossa professora de educação física, tocou o apito. Ela amava aquele apito.

— Está chovendo, meninas! — anunciou, com sua voz clara. — Então deem cinco voltas no ginásio!

Todas gememos, como era de se esperar, e depois saímos trotando do vestiário. Tamara e eu passamos depressa por Bree, que seguia o mais devagar que podia.

— Bruxa! — Ouvi Bree murmurar quando passei correndo. Minhas bochechas queimaram, e fingi que não tinha escutado.

— Ela xingou você — sussurrou Tamara, zangada, correndo ao meu lado. — Não acredito que ela esteja sendo tão má perdedora por causa disso. Quero dizer, eles nunca nem saíram juntos. Além disso, ela pode ter qualquer *outro* cara que quiser. Precisa mesmo ter todos eles?

Vaias e assobios se fizeram ouvir quando todos os garotos do penúltimo ano saíram do vestiário e começaram a correr no sentido oposto. Eu conseguia ouvir a chuva batendo nas janelas altas nas paredes do ginásio.

— Oi, querida!

— Muito bem!

Revirei os olhos quando os garotos passaram correndo. Robbie fez uma careta para mim ao passar, e eu ri.

— Bree diz que eles saíram juntos uma vez — falei, começando a ofegar. Na verdade, Bree dissera que ela e Cal tinham transado. Não era exatamente a mesma coisa.

Tamara deu de ombros.

— Talvez tenham saído, mas nunca ouvi ninguém falar disso. Também não poderia significar muita coisa, de todo modo. Ah, adivinhe quem convidou Janice para sair. Você está por fora de todas as fofocas.

— Quem?

— Ben Reggio — anunciou Tamara. — Eles já se encontraram duas vezes para estudar.

— Isso é ótimo — falei. — Eles parecem perfeitos um para o outro. Espero que dê certo.

Eu me sentia tão normal, conversando com Tamara sobre coisas rotineiras do ensino médio. Por mais que minhas experiências com a Wicca fossem emocionantes, fantásticas e poderosas, faziam com que eu me sentisse isolada. Também eram exaustivas. Era bom não ter que pensar em nada tão profundo ou impactante por alguns minutos.

Depois da corrida, nos dividimos em times para jogar vôlei. As garotas estavam de um lado do ginásio com a Sra. Lew, e os garotos estavam do outro com o Treinador.

Bree e eu acabamos ficando em times adversários.

— Deus, olhe só o Robbie — sussurrou uma garota atrás de mim. Eu me virei e vi Bettina Kretts falando com Paula Arroyo. — Ele está tão gato.

Olhei para Robbie. Com a pele boa e sem os óculos, ele se movia pela quadra com uma nova confiança.

— Ouvi Anu Radtha, do último ano, perguntar quando ele foi transferido para cá — disse Paula, em voz baixa.

Arqueei uma sobrancelha. Anu era a irmã mais velha de um dos ex-namorados de Bree, Ranjit. Então Anu realmente tinha pensado que Robbie fosse um aluno novo, e um que merecesse a atenção de uma veterana.

— Ele está saindo com alguém? — perguntou Bettina.

— Acho que não — respondeu Paula.

A conversa delas foi interrompida quando uma bola entrou no nosso campo por um instante. Nós a tocamos, e eu a joguei para o outro lado da rede, ansiosa por ouvir o que mais elas diziam.

— Ele anda com os bruxos — disse Bettina, e isso me chocou.

Ela estava a várias pessoas de distância e falando em voz baixa. Eu só conseguia ouvi-la me concentrando muito. Eu não tinha a menor ideia de que as pessoas da escola pensavam em nosso grupo como "os bruxos".

— Sim, eu o vi com Cal e o restante deles — confirmou Paula. — Ei, se ele não estiver saindo com ninguém, por que você não o chama para ir ao jogo?

Bettina deu uma risadinha.

— Talvez eu chame.

Bem, bem, bem, pensei, tocando a bola para Sarah Fields. Ela a lançou para Janice por sobre a rede, e Janice a devolveu com um corte rápido e preciso, que caiu bem entre Bettina e Alessandra Spotford, custando-nos um ponto e passando o saque para as adversárias.

Bree estava na posição de saque do outro time e, enquanto segurava a bola, alguém do outro lado do ginásio uivou como um lobo. Ela ergueu os olhos e os passou de um garoto para outro, até que caíram sobre Seth Moore, que a encarava com um sorriso largo e libidinoso. Seth era bonito, de um jeito meio punk. Seu cabelo era cortado de forma plana, arrepiado para cima, ele usava duas argolas de prata na orelha esquerda e tinha lindos olhos amendoados.

Bree sorriu de volta e balançou os ombros para ele.

Olhei automaticamente para Chris Holly, o mais recente ex-namorado de Bree. Ele observava a tudo com um tipo de animosidade congelada, mas não disse nada nem se moveu.

— Vamos logo, Srta. Warren — ordenou a Sra. Lew.

— Eu e você, garota! — gritou Seth.

Bree riu, e então nossos olhares se cruzaram. Ela abriu um sorriso irritante, superior, como se dissesse "Está vendo? Os garotos nunca fariam isso por *você*". Tentei parecer entediada, mas é claro que ela tinha razão. Cal fora o único cara a prestar atenção em mim. Essa exibição de Bree me magoou, como ela pretendia.

— Quando quiser! — Bree gritou para Seth, preparando-se para sacar.

Vários dos colegas de equipe dele fizeram uma cena, fingindo segurá-lo. Todos estavam rindo, menos eu, Chris Holly e mais uma pessoa. Quando vi a expressão no rosto de Robbie, meu queixo quase caiu. O bom e velho Robbie, meu amigo Robbie, olhava para Bree e Seth com um ciúme mal disfarçado. Tinha os punhos cerrados nas laterais do corpo, e todo o seu corpo estava tenso.

Hum... pensei. Ele nunca dissera uma palavra sobre ser a fim de Bree.

Então senti uma pontada de culpa. É claro, eu não tinha perguntado.

— Ande logo, Bree — disse a Sra. Lew, parecendo irritada.

Bree me lançou outro sorriso de superioridade, como se toda aquela cena fosse para meu próprio bem, para me mostrar como ela era linda e como eu não era nada. Uma centelha de raiva se acendeu em mim. Olhando para ela, impulsivamente enganchei o dedo na gola da camiseta e a puxei para baixo, mostrando o pentáculo de prata que Cal costumava usar e que agora era meu.

Bree ficou visivelmente pálida e arquejou. Depois jogou o braço para trás, cerrou o punho, e lançou a bola de vôlei bem na minha direção, com toda a força. Automaticamente, levei a mão para a frente do rosto uma fração de segundo antes de o saque poderoso me acertar. O golpe me derrubou, e toda a turma me viu bater a cabeça com força no chão de madeira. Um cheiro pungente de cobre me mandou o sinal um segundo antes de meu nariz e minha boca se encherem de sangue. Com as mãos no rosto, tentei me sentar antes que sufocasse, e meu sangue escorreu pelos meus dedos, pingando na camiseta.

Todos arfavam, falavam depressa, e a voz da Sra. Lew, urgente e sob controle, disse:

— Deixe-me ver, querida.

Suas mãos afastaram meus dedos do rosto, e então eu vi Bree, parada ao lado dela, olhando para mim assustada, com uma expressão horrorizada.

Olhei para ela, tentando não engolir sangue. Sua boca se abriu, e, sem emitir nenhum som, ela disse:

— Sinto muito.

Por um minuto ela se parecia tanto com a Bree de antes que eu quase me senti feliz. Então, de repente, o choque passou e meu rosto começou a doer.

— Você está bem? — Alguém perguntou.

— Hum — murmurei, levando a mão ao nariz. — Está doendo.

— Ok, Morgana — disse a Sra. Lew. — Consegue se levantar? Vamos para minha sala, pôr um pouco de gelo aí. Acho que é melhor ligarmos para a sua mãe. — Ela me ajudou a levantar e gritou: — Voltem ao jogo, meninas. Bettina, vá buscar algumas toalhas de papel e limpe o sangue da quadra, para que ninguém escorregue. Srta. Warren, quero que vá à minha sala depois da aula.

Ao sair, lancei um último olhar para Bree. Ela também me olhou, mas, de repente, todos os vestígios de amizade ou emoção tinham desaparecido, substituídos por maquinação. Isso fez meu coração se partir, e meus olhos se encheram de lágrimas.

Quando mamãe chegou para me buscar, ainda estava com as roupas de trabalho. Desesperada de preocupação, ela me levou ao pronto-socorro, onde fizeram um raio X do meu rosto. Meu nariz estava quebrado, e meu lábio precisava de um ponto. Tudo estava inchado, e eu parecia uma máscara de Halloween.

As coisas chegaram a esse ponto entre mim e Bree.

17

O novo coven

14 de abril de 1983.

Minhas ervilhas estão brotando bem — achei que eu as tivesse plantado muito cedo. São um símbolo da minha nova vida. Não acredito que estejam crescendo tão fortes sozinhas, sem ajuda de magia. Às vezes, a necessidade de entrar em contato com a Deusa é tão intensa que chega a doer — é uma dor física, como se alguma coisa estivesse querendo sair de dentro de mim. Mas essa parte da minha vida acabou e tudo o que guardo daquele tempo é meu nome. E Angus.

Temos um novo integrante em nosso lar: uma gatinha cinzenta e branca. Eu a batizei de Bridget. Ela é uma coisinha estranha, com dedos extras em cada pata e o ronronado mais alto que já se ouviu. Estou feliz por tê-la aqui.

— M. R.

Naquela tarde, enquanto eu estava deitada na cama, com um saco de gelo no rosto, a campainha tocou.

Imediatamente senti que era Cal. Meu coração bateu dolorosamente. Eu o ouvi falar com minha mãe. Foquei minha atenção, mas ainda assim mal conseguia entender suas palavras.

— Bem, eu não sei — Ouvi mamãe dizer.

— Pelo amor de Deus, mãe. Eu vou ficar o tempo todo com eles — falou Mary K., muito mais alto.

Ela devia estar no pé da escada. Então ouvi passos subindo os degraus. Nervosa, observei minha porta se abrir.

Mamãe entrou na frente, provavelmente para garantir que eu estivesse vestida de modo adequado, e não usando um robe transparente. Na verdade, eu estava com uma calça de moletom, uma camiseta do meu pai e um casaco branco. Mamãe tinha me ajudado a lavar o sangue dos meus cabelos, mas eu não os tinha secado nem nada. Estava solto, em grandes mechas grossas. Basicamente, eu estava tão horrorosa quanto estivera a vida toda.

Cal entrou no meu quarto, e sua presença fez o cômodo parecer pequeno e infantil. Nota pessoal: red corar.

Ele abriu um sorriso largo e disse:

— Minha querida!

Não pude deixar de rir, embora doesse, e levei a mão ao rosto e falei:

— Ai... não me faça rir.

Assim que viu que eu estava decente, mamãe saiu, embora estivesse claramente desconfortável por eu receber um garoto no meu quarto.

— Ela não está ótima? — perguntou Mary K. — Pena que o Halloween já passou. Aposto que na quinta-feira seu rosto vai estar todo amarelo e verde. — Notei que ela segurava um ursinho de pelúcia branco, com um avental em forma de coração.

— É para mim? — perguntei.

Mary K. balançou a cabeça negando, constrangida.

— Foi Bakker.

Assenti. Bakker vinha mandando flores e deixando bilhetes em nossa varanda todos os dias. Ligara várias vezes, e quando atendi, ele me pediu desculpas. Eu sabia que Mary K. estava fraquejando.

Ela se empoleirou na cadeira da minha escrivaninha e eu a fitei.

— Você não tem dever de casa?

— Prometi ficar de olho em vocês — explicou ela. Então, vendo minha expressão, ela ergueu as mãos. — Ok, ok, estou indo.

Quando a porta se fechou atrás dela, olhei para Cal.

— Eu não queria que você me visse assim. — Por causa do inchaço do nariz, minha voz soou nasalada e distante.

Seu rosto ficou sério.

— Tamara me contou o que aconteceu. Você acha que ela fez de propósito?

Pensei no rosto de Bree, no terror em seus olhos ao ver o que tinha feito comigo.

— Foi um acidente — falei, e ele assentiu.

— Trouxe algumas coisas para você. — Ele mostrou uma pequena sacola.

— O que é isso? — perguntei, ávida.

— Isto, para começar — disse Cal, pegando um pequeno vaso de planta. Era cinza-prateado, com folhas repicadas e peluginosas.

— Artemísia — falei, reconhecendo a imagem de um dos meus livros de ervas. — É linda.

Cal assentiu.

— Artemísia. Uma planta muito útil. E isto também. — Ele me entregou um pequeno frasco.

Li o rótulo.

— *Arnica montana*.

— É um remédio de homeopatia — explicou Cal. — Eu o comprei na loja de alimentos naturais. É para quando se tem algum tipo de traumatismo físico. É bom para pancadas, coisas assim. — Ele se inclinou para mais perto. — Eu o enfeiticei para ajudar você a ficar boa mais depressa — sussurrou. — Foi só o que o médico recomendou.

Eu me afundei de volta nos travesseiros, grata.

— Ótimo.

— Mais uma coisa — disse Cal, pegando uma garrafa de achocolatado. — Aposto que você não consegue comer direito, mas pode tomar isso com canudinho. E contém todos os principais grupos alimentares: laticínios, gordura, chocolate. Pode-se dizer que é o alimento perfeito.

Ri, tentando não mexer o rosto.

— Obrigada. Você pensou em tudo.

Mamãe chamou lá de baixo.

— O jantar será servido em cinco minutos.

Revirei os olhos, e Cal sorriu.

— Entendi a deixa — falou.

Ele se sentou com cuidado na beira da cama e pegou minha mão entre as suas. Engoli em seco, me sentindo perdida, querendo segurá-lo junto de mim. *Mùirn bea-tha dàn*, pensei.

— Quer eu que faça alguma coisa por você? — perguntou, com um significado silencioso. Entendi o que ele quis dizer: Quer que eu me vingue de Bree?

Balancei a cabeça, sentindo o rosto doer.

— Acho que não. Deixe para lá — sussurrei.

Ele olhou para mim, me analisando.

— Deixarei para lá até certo ponto. Mas chegou ao limite — alertou. — Isso é insuportável.

Assenti, sentindo-me muito cansada.

— Ok, já vou indo. Ligue mais tarde se quiser conversar.

Ele se levantou. Então, muito delicadamente pôs a mão no meu rosto, mal tocando-o com as pontas dos dedos. Fechou os olhos e murmurou palavras que não entendi. De olhos fechados, senti o calor de seus dedos esquentar meu rosto. Quando inspirei um pouco da dor passou.

Levou menos de um minuto, e então ele abriu os olhos e deu um passo para trás. Eu me sentia muito melhor.

— Obrigada — falei. — Por ter vindo.

— Falo com você mais tarde — disse ele, e então se virou e saiu do meu quarto.

Quando voltei a me afundar na cama, meu rosto parecia mais leve, menos inchado. Minha cabeça doía menos. Abri a arnica e joguei três bolinhas açucaradas debaixo da língua. Então fiquei deitada quieta, sentindo a dor ir embora.

Naquela noite, antes de eu dormir, o roxo dos meus olhos havia quase desaparecido, o inchaço diminuíra bem, e eu sentia que podia respirar pelo nariz.

Não fui à aula no dia seguinte, embora me sentisse muito melhor, exceto pelo terrível ponto preto no lábio.

Às duas e meia da tarde, liguei para mamãe no trabalho e avisei que iria à casa de Tamara pegar alguns deveres de casa.

— Tem certeza de que quer fazer isso? — perguntou ela.

— Sim, estou quase boa. Voltarei antes do jantar.

— Então está bem. Dirija com cuidado.

— Pode deixar.

Desliguei o telefone, peguei minhas chaves e meu casaco, calcei os tamancos e saí para a escola. É quase impossível esconder uma baleia branca como o Das Boot, mas estacionei numa rua lateral a duas quadras de distância, onde achei que veria o carro de Bree passar quando ela saísse da escola. Eu poderia ter ido esperá-la em casa, mas eu não tinha certeza de que ela iria direto para lá.

Não que eu tivesse um plano completamente elaborado. Basicamente, eu esperava confrontá-la, botar tudo para fora. Na melhor das hipóteses, o resultado seria positivo. Eu sentia que tinha chegado a uma trégua com meus pais, e Mary K. e eu estávamos unidas de novo depois do incidente com Bakker. Agora eu queria acertar as coisas com Bree. Não é fácil se desapegar de hábitos de uma vida inteira, e eu ainda pensava nela como minha melhor amiga. Odiá-la era demais para eu suportar. O episódio no ginásio mostrou que precisávamos urgentemente resolver aquilo.

Mas não era só isso. Eu também tinha outros motivos para querer consertar as coisas entre nós. Magia era clareza. De acordo com meus livros, para praticar melhor a magia, precisamos enxergar mais claramente. Se eu seguisse com essa rixa na minha vida, ela poderia prejudicar seriamente minha habilidade de praticar a magia.

Quase não vi o carro de Bree passar na esquina, no fim da rua. Liguei o meu depressa e deslizei lentamente atrás dela, o mais distante que podia.

Por sorte, Bree foi direto para casa. Eu conhecia o caminho bem o bastante para manter uma boa distância, ficando atrás de outros carros. Quando ela parou na entrada da garagem, estacionei bem no fim de sua quadra, atrás de uma minivan marrom, e desliguei o motor.

No entanto, assim que eu estava prestes a sair, Raven apareceu em seu Peugeot preto batido. Bree saiu de casa correndo.

Esperei. As duas conversaram por um tempo na calçada, depois foram para o carro de Raven e entraram. Raven acelerou, deixando um rastro de fumaça de escapamento atrás de si.

Fiquei confusa. Aquilo não estava nos meus planos. Nesse momento, eu deveria estar conversando com Bree, talvez até discutindo. Raven não fazia parte disso. Para onde elas estavam indo?

Uma curiosidade súbita e incontrolável me dominou, e liguei o carro de novo. Depois de quatro quadras, voltei a vê-las.

Elas seguiam rumo ao norte, para fora da cidade, em Westwood. Fui atrás, já suspeitando seu destino.

Quando elas chegaram ao campo de trigo no norte da cidade, onde nosso coven tinha se reunido pela primeira vez, Raven parou no acostamento.

Diminuí a velocidade e esperei até elas terem desaparecido no campo recém-colhido, então dirigi até o outro lado e escondi o Das Boot sob o grande carvalho. Embora os galhos estivessem quase nus, o tronco era grosso, e o chão se inclinava de leve, de forma que, se alguém olhasse por acaso, não conseguiria ver meu carro.

Então atravessei a estrada correndo e comecei a abrir caminho pelos restos bagunçados do que já havia sido um pasto de trigo dourado.

Não conseguia ver Raven e Bree à minha frente, mas sabia para onde elas estavam indo: para o velho cemitério metodista onde havíamos celebrado o Samhain apenas dez dias antes. Dez dias antes, quando Cal me beijara na frente do coven, e Bree e eu tínhamos nos tornado inimigas.

Parecia que tinha sido há muito mais tempo.

Atravessei o filete de água do riacho e segui morro acima na direção de um bosque de antigas árvores de madeira de lei. Diminuí o passo, aguçando meus sentidos, atenta às suas vozes. Eu não sabia o que estava fazendo, e me sentia uma perseguidora. Mas eu andava me perguntando sobre seu novo coven. Eu não conseguia resistir à tentação de descobrir do que eram capazes.

Quando cheguei ao limite do cemitério, eu as vi à frente, paradas junto ao túmulo de pedra que tinha sido nosso altar no Samhain. As duas estavam ali, em silêncio, então algo me ocorreu: elas estavam esperando alguém.

Eu me abaixei na terra fria e úmida ao lado de uma sepultura antiga. Meu rosto doía um pouco, e o ponto no meu lábio coçava. Desejei ter me lembrado de tomar mais arnica ou um Tylenol antes de sair de casa.

Bree esfregou os braços com as mãos. Raven ficava jogando seu cabelo tingido de preto para trás. As duas pareciam nervosas e agitadas.

Então Bree se virou e espiou nas sombras. Raven ficou muito quieta, e meu coração começou a bater muito alto naquele silêncio.

A pessoa que foi encontrá-las era uma mulher, ou melhor, uma garota, talvez alguns anos mais velha que Raven. Talvez um ano só. Quanto mais eu olhava para ela, mais nova parecia.

Ela tinha uma beleza incomum, mística. Cabelos louros e finos brilhavam muito contra sua jaqueta de motociclista de couro preto, e ela tinha uma franja muito curta, quase branca. Seus malares eram altos, nórdicos, os lábios carnudos e grandes demais para seu rosto. Mas seus olhos é que pareciam tão irresistíveis, mesmo a distância. Eram grandes e fundos, tão pretos que pareciam buracos, sugando a luz e não deixando-a sair mais.

Ela cumprimentou Raven e Bree tão baixinho que não pude ouvir sua voz murmurada. Parecia perguntar alguma coisa a elas, e seus olhos dardejavam de um lado para outro, como pontos de luz negativos vasculhando a área.

— Não, ninguém nos seguiu. — Ouvi Bree dizer.

— Sem chance! — Raven riu. — Ninguém vem aqui.

Ainda assim a garota olhava em volta, seus olhos indo repetidamente até a sepultura atrás da qual eu estava escondida. Se ela fosse uma bruxa, poderia perceber minha presença. Fechei os olhos depressa, tentando silenciar tudo, concentrando-me em ficar invisível, em tentar interferir o mínimo possível na realidade. Não estou aqui, foi a mensagem que enviei ao mundo. Não estou aqui. Não há nada aqui. Você não vê nada, não ouve nada, não sente nada. Repeti isso suavemente, sem parar, e por fim as três voltaram a conversar.

Mexendo-me bem devagar, me virei de novo para elas.

— Vingança? — disse a garota, sua voz rica e melodiosa.

— Sim — respondeu Raven. — Sabe, tem...

Uma brisa agitou as árvores nesse momento, e suas vozes sumiram. Elas falavam tão baixinho que eu só podia ouvi-las usando toda a minha concentração.

— Magia negra — disse Raven, e Bree olhou para ela com os olhos perturbados.

— ...para acabar o amor.

Essas foram as palavras que chegaram a mim em seguida, na brisa. Foram ditas pela garota. Observei sua aura. Ao lado da escuridão de Bree e Raven, ela era feita de pura luz, brilhando como uma espada nas sombras cada vez mais densas do cemitério.

— O círculo deles... nosso novo coven... uma garota com poderes... Cal... Sábado à noite, em lugares diferentes...

Elas seguiam falando, e minha frustração por não conseguir ouvir mais crescia. O sol se pôs depressa, como se uma luz tivesse sido apagada, e comecei a sentir muito frio.

Eu me encostei na sepultura. O que aquilo significava? Elas tinham citado o nome de Cal. Imaginei que a "garota com poderes" fosse eu. O que estavam planejando? Eu tinha que contar a Cal.

Mas eu não tinha como sair dali sem que elas me vissem, então fiquei imóvel no chão úmido, sentindo minhas pernas e nádegas ficarem dormentes, enquanto meu rosto ferido doía cada vez mais.

Por fim, após longos quarenta minutos, a garota se foi silenciosamente pelo mesmo caminho pelo qual viera, apenas seu cabelo claro visível quando entrou na escuridão das copas das árvores. Bree e Raven voltaram pelo cemitério, passando a uns 3 metros de mim, e seguiram de volta pelo campo de trigo. Após um minuto, ouvi o carro de Raven ser ligado e partir, e dois minutos depois, a exaustão me atingiu, soprada pela brisa da noite.

Eu me levantei e bati a poeira, ansiosa por voltar para casa e tomar um banho bem quente. Agora os campos de trigo estavam completamente escuros, e eu me sentia estranha com relação à cena assustadora que acabara de presenciar. A certa altura, tive certeza de sentir o olhar de alguém concentrado em minha nuca, mas, quando me virei, não havia nada ali. Correndo de volta para o meu carro, pulei para dentro, batendo e trancando a porta.

Minhas mãos estavam tão frias e rígidas que levei um segundo para conseguir pôr a chave na ignição. Depois acendi os faróis e fiz um retorno rápido em Westwood. Estava assustada e irritada, e meus pensamentos anteriores, de esclarecer as coisas com Bree, agora pareciam ingênuos, risíveis.

O que elas estavam planejando? Estavam de fato tão chateadas com Cal e comigo a ponto de se voltarem para a magia negra? Estavam colocando-se em perigo, fazendo escolhas estúpidas e imediatistas.

Parei na entrada para carros de casa, tremendo, gelada até os ossos. Lá dentro, subi as escadas correndo e tirei as roupas molhadas. À medida que a água quente ia dissolvendo meu frio, pensei e pensei.

Depois do jantar liguei para Cal e pedi que me encontrasse no carvalho no dia seguinte, depois da aula.

18

Desejo

20 de setembro de 1983.

Esta noite, Angus e eu ficamos em casa, de mau humor, pensando no que estaríamos fazendo se estivéssemos na Irlanda e tudo fosse como antes. Não acredito que ninguém aqui celebre a colheita, a riqueza do outono. A coisa mais próxima a isso que eles têm é o Dia de Ação de Graças, em novembro, mas parece ter mais a ver com peregrinos, índios e peru.

O verão foi abençoado: quente, tranquilo, cheio de dias longos e noites com o barulho dos sapos e grilos. Meu jardim cresceu de forma magnífica, e fiquei muito orgulhosa. O sol, a terra e a chuva fizeram sua magia sem que eu ajudasse ou pedisse.

Bridget está bem e saudável. Ela é ótima em caçar ratos e consegue até pegar alguns grilos.

Meu trabalho é idiota, mas bom. Angus está aprendendo a fazer lindos trabalhos em madeira. Temos pouco dinheiro, mas estamos seguros aqui.

— M. R.

— Imagino que você esteja se perguntando por que pedi que me encontrasse aqui — falei, quando Cal deslizou para o banco do carona do meu carro, na quarta-feira à tarde.

— Porque você queria o meu corpinho? — Ele chutou, e então comecei a rir e o abracei apertado enquanto ele procurava um lugar que não doesse para me beijar. Eu tinha melhorado noventa por cento, mas meu rosto ainda estava sensível.

— Tente aqui — falei, pondo o dedo nos lábios com cuidado.

Devagar, cuidadosamente, ele baixou os lábios até os meus, fazendo uma pressão mínima.

— Humm — murmurei.

Cal se afastou e olhou para mim.

— Vamos para o banco de trás — falou.

Parecia uma boa ideia. O banco traseiro do Valiant era enorme, espaçoso, e ficamos confortáveis e com privacidade enquanto o vento de novembro soprava contra as janelas e assobiava ao passar debaixo do carro.

— Como você está? — perguntou ele, depois de nos sentarmos aconchegados. — A arnica ajudou?

Assenti.

— Acho que sim. Os hematomas parecem ter sumido bem rápido.

Ele sorriu e tocou minha têmpora com gentileza.

— Quase.

Eu tinha planejado contar a ele o que vira na tarde anterior, mas agora que estávamos juntos, as palavras desapareceram da minha mente. Eu me encostei nele, satisfeita, sentindo suas mãos deslizarem pela minha pele, e não queria pensar sobre ter seguido Bree ou a vigiado.

— Isso é bom? — perguntou Cal, parecendo meio sonolento enquanto acariciava minhas costas.

— Hum-hum — murmurei.

Deixei minha mão deslizar para cima e para baixo em seu peito firme. Após um segundo, abri a parte de cima de sua camisa e enfiei a mão dentro dela.

— Hummm — sussurrou Cal, e se virou um pouco, de modo que ficássemos frente a frente, os peitos colados. Ele me beijou com tanta suavidade e gentileza que não doeu nem um pouco.

Então tive a sensação quente e chocante da minha pele contra a dele e percebi que, de algum modo, nossas camisas estavam levantadas, permitindo que nossas peles se tocassem. Eu me sentia incrível e passei as penas em volta dos quadris dele, sentindo as minúsculas nervuras do seu jeans marrom aveludado pressionar minhas coxas debaixo da minha legging.

Enquanto me apertava mais contra ele, eu continuava pensando. Ele é o cara. O único para mim. *Mùirn beatha dàn*. Aquele que foi feito para mim. Tudo isso estava destinado a acontecer.

Cal se afastou um pouco e sussurrou, com a boca colada na minha bochecha:

— Sou a primeira pessoa de quem você é tão próxima?

— Sim — murmurei. Senti seus lábios sorrirem contra minha pele, e ele me apertou mais. — Não sou a sua primeira — falei o que era óbvio.

— Não — respondeu ele após um momento. — Isso a incomoda?

— Você dormiu com Bree? — Quis saber, depois estremeci, querendo apagar aquelas palavras.

Cal pareceu surpreso.

— Bree? Por que... — Ele balançou a cabeça. — De onde você tirou essa ideia?

— Ela que me disse — respondi, tentando me preparar para a resposta, para agir como se não me importasse. Olhando para meus dedos em seu peito, esperei pelo que ele diria.

— Bree disse que dormiu comigo? — indagou.

Assenti.

— Você acreditou nela?

Dei de ombros, tentando suprimir o pânico que crescia dentro de mim.

— Eu não sabia. Bree é linda e normalmente consegue o que quer. Acho que eu não ficaria surpresa.

— Não saio contando por aí — disse Cal, pesando as palavras. — Acho que essas coisas deveriam ser particulares.

Meu coração ameaçou explodir.

— Mas vou te contar, porque não quero que isso fique entre a gente. Sim, Bree deixou claro que gostava dessa ideia. Mas eu não estava disponível, então não aconteceu nada.

Franzi a testa.

— Por que você não estava disponível?

Ele riu, jogando meu cabelo para trás.

— Eu já tinha visto você.

— E foi bruxaria à primeira vista. — As palavras simplesmente escaparam. Estremeci, querendo poder desdizê-las.

Cal balançou a cabeça, confuso.

— O que você quer dizer?

— Raven e Bree disseram... que você só está comigo porque sou uma bruxa, e uma forte.

— É isso que você acha? — perguntou Cal, a voz fria.

— Não sei — respondi, começando a me sentir péssima. Por que comecei essa conversa?

Cal ficou em silêncio por alguns minutos, muito quieto.

— Não sei qual é a resposta certa. Sem duvida, seus poderes são muito excitantes para mim. A ideia de trabalharmos juntos, de ajudar você a aprender o que eu sei, é... tentadora. E quanto ao resto, eu apenas... acho você bonita. Você é linda, sexy e estou caído por você. Não entendo nem por que estamos tendo essa conversa, depois de eu ter lhe falado sobre *mùirn beatha dàn*. — Ele balançou a cabeça.

Fiquei em silêncio, sentindo como se eu tivesse me enfiado num buraco.

— Você poderia me fazer um favor? — perguntou ele.

— O quê? — falei, com medo do que ele iria dizer.

— Poderia ignorar o que os outros dizem?

— Vou tentar — respondi baixinho.

— Poderia me fazer outro favor?

Olhei para ele.

— Pode me beijar de novo? As coisas estavam começando a ficar interessantes.

Ao mesmo tempo rindo e com vontade de chorar, inclinei-me e o beijei. Cal me segurou junto dele com força, fazendo pressão contra seu corpo, do peito aos joelhos. Suas mãos deslizavam pelas minhas costas, pelas laterais do meu corpo, e exploraram a pele sob minha camiseta. Senti seus dedos alisarem minha marca de nascença debaixo do meu braço direito, sentindo suas extremidades salientes.

— Sempre tive isso — sussurrei.

Ele não a tinha visto, mas era uma marca rosada, de cerca de 2,5 centímetros. Sempre achara que se parecia com uma pequena adaga. Agora, pensar nela me fazia sorrir: podia-se dizer que tinha a forma de um *athame*.

— Eu adoro — murmurou Cal, sentindo-a de novo. — É parte de você.

Então ele me beijou mais uma vez, me arrebatando, numa avalanche de emoções.

— Pense na magia — sussurrou Cal, e meus pensamentos dispersos não conseguiram entender o que ele queria dizer. Ele continuou a me tocar e disse: — A magia é um sentimento forte, e isto é um sentimento forte. Associe as duas coisas.

Se eu tentasse falar naquele momento, teria gaguejado. Mas, em minha cabeça, suas palavras se encadearam e fizeram algum sentido nebuloso. Pensei em como me sentia quando praticava magia ou me concentrava nela: o sentimento de poder, de completude, de estar conectada às coisas, de ser parte do mundo. Com as mãos de Cal em mim, tive uma sensação ao mesmo tempo parecida e diferente: também era poderosa e meio unificadora, mas também parecia uma porta que levaria a algo mais.

E então entendi. Tudo fez sentido. Nossas bocas unidas, nossos peitos colados, nossas mentes em sintonia, minhas mãos na pele dele, as dele na minha, era quase como se estivéssemos num círculo, quando a energia está à nossa volta, disponível para a pegarmos.

Havia energia a nosso redor, nos unindo, e minha camiseta estava levantada, meus seios contra a pele quente do peito dele, e nós nos abraçávamos apertado e nos beijávamos, e a magia cintilou. Quaisquer palavras que eu dissesse poderiam ser um feitiço. Qualquer pensamento que tivesse poderia ser uma ordem mágica. Qualquer coisa que eu invocasse viria a mim.

Era muito mais que excitante.

Quando paramos e abri os olhos, estava escuro lá fora. Eu não fazia ideia de que horas eram, e olhei de relance para meu relógio, só para descobrir que estava atrasada para o jantar.

Resmungando, baixei minha blusa.

— Que horas são? — perguntou Cal, os dedos já abotoando a camisa.

— Seis e meia. Tenho que ir.

— Tudo bem.

Quando estiquei a mão para a porta, ele me puxou de volta, fazendo eu me sentar no seu colo.

— Isso foi incrível — sussurrou, beijando meu rosto Ele deu um sorriso largo. — Quero dizer, foi incrível!

Ri, ainda me sentindo poderosa, ao abrir a porta do carro.

— Vejo você amanhã — disse ele. — E vou pensar em você esta noite.

Ele foi para seu próprio carro. Enquanto eu me sentava no banco do motorista e ligava o motor do Das Boot, as emoções quase me oprimiam.

Só mais tarde naquela noite, quando estava deitada para dormir, lembrei-me de que não tinha chegado a falar com Cal sobre a bruxa loura.

Na manhã de quinta-feira, a única vaga disponível era atrás de Brisa, o BMW lustroso de Bree. Pensei em como seria fácil meu carro amassar o dela, depois dei um sorriso sem graça por ter um pensamento tão mesquinho, tão anti-magia.

— Você está diferente — disse Mary K., enquanto eu manobrava o carro com cuidado. Ela deu uma olhada no espelhinho do para-sol do carona e reaplicou o brilho labial.

Olhei para ela, assustada. Será que ela tinha me visto no carro com Cal ontem?

— Como assim?

— Seus hematomas estão muito melhores — respondeu Mary K. Ela olhava pela janela do carro. — Ai, Deus, lá está ele.

Meus olhos se estreitaram ante a visão de Bakker Blackburn à espreita atrás do prédio de ciências biológicas, sem dúvida esperando por Mary K.

Ela mordeu o lábio, olhando para ele.

— Ele está tão arrependido — murmurou.

— Você não pode confiar nele. — Peguei minha mochila e abrimos as portas.

— Eu sei — falou minha irmã, olhando para ele. — Eu sei. — Ela se afastou para encontrar algumas amigas, e eu me dirigi ao ponto de encontro do coven.

— Morgana. — Ouvi a voz de Raven a alguns metros de distância. Eu me virei e dei de cara com ela e Bree caminhando perto de mim.

Não falei nada.

— Seu rosto está muito mais normal — disse Raven, com sarcasmo. — Usou um feitiço para consertá-lo? Ah, espere, você não está autorizada, não é?

Simplesmente continuei andando. Elas também. Percebi que Raven e Bree iriam me seguir até a porta leste.

Jenna e Matt nos viram primeiro. Então os olhos de Cal encontraram os meus, e ele deu um sorriso cúmplice, ao qual retribuí. Seu olhar se tornou frio ao ver Bree e Raven atrás de mim.

— Oi, pessoal — disse Jenna, sempre amigável. — Bree, como vai?

— Maravilhosa — respondeu ela, sarcástica. — Está tudo ótimo. E você?

— Bem — falou Jenna. — Não tive um ataque de asma a semana inteira. — Seus olhos se desviaram para mim, e fitei o chão.

— Sério? — disse Raven.

— Ei, Bree — chamou Seth Moore. Ele vinha a passos largos na nossa direção, a calça *baggy* comprida nos tornozelos.

— Oi — cumprimentou Bree, fazendo essa única palavra soar como uma promessa. — Por que você não me ligou ontem à noite?

— Eu não sabia que devia. Quer saber? Vou ligar duas vezes hoje. — Ele parecia em júbilo com aquele claro sinal de aprovação e se remexeu, olhando para Bree.

— É um compromisso — disse ela, numa voz bajuladora e convidativa que qualquer um com dois neurônios perceberia.

— Corta essa, Bree — disse Robbie de repente.

Todos pareceram surpresos, mas eu me lembrava do olhar dele naquele dia no ginásio.

— O quêêêê? — Bree o encarou de olhos arregalados.

— Corta essa — repetiu ele, soando entediado e irritado. — Não é um compromisso. Seth, dê o fora. Você não vai ligar para ela.

Estávamos todos olhando fixamente para Robbie cuja expressão estava rígida, mostrando desagrado.

Seth o encarou.

— Quem você pensa que é? — perguntou, beligerante. — O pai dela?

Robbie deu de ombros, e percebi como ele era alto e pesado. Ele parecia bem impressionante e fez Seth parecer magricela e infantil.

— Não importa. Esqueça-a.

— Robbie! — exclamou Bree, com as mãos nos quadris. — Quem você pensa que é? Posso sair com que eu quiser! Deus, você é pior do que Chris!

Robbie baixou os olhos para ela.

— Pare com isso, Bree — falou, mais baixo. — Você não o quer. — Ele sustentou o olhar dela por um longo tempo.

Olhei para Jenna, e ela arqueou uma sobrancelha.

Bree abriu a boca como se fosse falar alguma coisa, mas as palavras não saíram. Ela estava quase pasma.

— Ei! — disse Seth. — Você não é o dono dela! Não pode dizer o que ela quer!

Lentamente, Robbie ergueu os olhos e fitou Seth como se ele fosse um inseto.

— Não importa — repetiu, então se virou e entrou na escola, ao ouvir o sinal tocar.

Por um momento, Bree o observou partir, estupefata, depois olhou depressa para mim, e foi como nos velhos tempos, quando podíamos trocar uma informação valiosa em um segundo. Então ela se virou, e Raven bufou, e as duas foram embora. Seth continuou ali, com cara de bobo, até que por fim se virou e saiu, resmungando alguma coisa.

— Ela sem dúvida consegue atormentá-los — disse Sharon, brincando.

Cal pegou minha mão.

— É — falei, perguntando-me o que exatamente tínhamos acabado de testemunhar. — E eles também podem atormentá-la.

19
Sky e Hunter

11 de março de 1984.

Concebemos um bebê. Não estávamos tentando, mas aconteceu mesmo assim. Passei as duas últimas semanas buscando forças para fazer um aborto, para que esta criança nunca conhecesse a dor que enfrentamos nesta vida. Mas não posso. Não sou forte o bastante. Então a criança continua em meu ventre, e vou dar à luz em novembro.

Vai ser uma menina, e ela será uma bruxa, mas não vou ensinar a arte a ela. Isso não é mais parte da minha vida, nem será da vida da minha filha. Nós a chamaremos de Morgana, em homenagem à mãe de Angus. É um nome forte.

— M. R.

Na sexta à noite, Cal e eu tivemos um encontro. Fomos ao cinema com Jenna, Matt, Sharon e Ethan.

Sharon foi me buscar — iríamos encontrar Cal na casa dele. Às sete horas, ela parou seu Mercedes na entrada da minha garagem e buzinou.

— Tchau! — gritei, batendo a porta atrás de mim.

Quando cheguei ao carro, vi que Ethan estava no banco da frente, então entrei atrás. Sharon arrancou da minha garagem e virou depressa à esquerda na Riverdale.

— Você tem que dirigir como uma louca? — perguntou Ethan, acendendo um cigarro.

— Não se atreva a deixar meu carro com cheiro de cinzeiro! — disse Sharon, girando o volante e pisando fundo.

Ethan abriu a janela e soprou a fumaça de um jeito experiente.

— Hum, Ethan! — falei. — Está congelante aqui atrás.

Ele suspirou e jogou pela janela o cigarro, que caiu no chão produzindo mil minúsculas centelhas laranja.

— Ah, jogando lixo na rua! — repreendeu Sharon. — Muito bem!

— Morgana está com frio — retrucou ele, fechando a janela. — Ligue o aquecedor do banco traseiro.

— Morgana — começou Sharon, olhando pelo retrovisor. — Quer que ligue o aquecedor?

— Não, obrigada — falei, me esforçando para não rir.

— E que tal o vibrador? — perguntou Ethan. — Ei, cuidado! Você passou raspando por aquele caminhão!

— Eu estava vendo — disse Sharon, revirando os olhos. — E não há nenhum vibrador neste carro.

— Você o deixou em casa? — perguntou Ethan, com voz de inocente.

Caí na gargalhada enquanto Sharon tentava socar Ethan o mais forte que podia sem provocar um acidente. Quis que eles simplesmente começassem a sair juntos, mas eu não tinha certeza se Sharon ao menos já tinha se dado conta de quanto gostava de Ethan.

Por incrível que pareça, chegamos à casa de Cal inteiros e vimos o jipe de Matt já parado na frente da garagem, junto com pelo menos doze outros veículos.

— A mãe de Cal deve estar fazendo um círculo — disse Sharon.

Eu não via Selene Belltower desde a noite em que ela ajudara a acalmar meus medos, e queria agradecer-lhe de novo. Cal nos deixou entrar, me deu um beijo e nos levou para a cozinha, onde Matt estava bebendo uma água com gás e Jenna estava ao telefone, ligando para o cinema.

— A que horas? — perguntou ela, tomando nota.

Cal se recostou no balcão e me puxou para junto dele. Jenna desligou o telefone.

— Ok. O filme começa às oito e quinze, então temos que sair por volta de quinze para as oito.

— Legal — disse Matt.

— Então temos algum tempo. Querem beber alguma coisa? — Ofereceu Cal. Ele parecia se desculpar. — Temos que fazer silêncio, porque minha mãe vai começar um círculo daqui a pouco.

— A que horas eles costumam começar? — perguntei.

— Não antes das dez — respondeu ele. — Mas as pessoas chegam mais cedo, ficam por aqui e conversam, se atualizam sobre a semana.

— Quero agradecer a sua mãe de novo — falei.

— Bem, então venha — disse ele, pegando minha mão. — Você pode vê-la. Voltamos já — avisou aos outros.

— Você tomou a última Coca? — Sharon acusou Ethan quando saímos da cozinha.

Cal e eu trocamos um sorriso enquanto atravessávamos o hall, a sala de estar formal, e outra mais casual.

— Definitivamente tem algo acontecendo ali — disse ele, e eu assenti.

— Vai ser divertido quando eles ficarem juntos. Vão sair faíscas.

Cal deu dois tapinhas rápidos na porta de madeira que levava à grande sala onde Selene fazia os círculos. Então a abriu, e entramos. Estava um pouco diferente da noite em que eu estivera ali sozinha, triste e abalada. Agora estava iluminada por pelo menos cem velas. O ar recendia a incenso, e havia pessoas, homens e mulheres, espalhados, conversando.

— Morgana, querida, que prazer revê-la.

Virando-me, vi Alyce, da Magia Prática. Ela usava uma longa túnica de Batik, e seu cabelo grisalho estava solto, caindo sobre os ombros.

— Oi — falei.

Eu tinha me esquecido que ela fazia parte do Starlocket. Rapidamente, procurei David, o balconista que me deixava nervosa. Ele me viu e sorriu, e retribuí com um sorriso hesitante.

— Como vai? — perguntou Alyce, parecendo realmente interessada, e não falando apenas por educação.

Refleti.

— Tenho tido altos e baixos — falei, honestamente.

Ela assentiu, como se entendesse.

Cal tinha saído de perto de mim por um instante, e agora voltava com sua mãe. Ela também vestia uma longa túnica solta, mas a dela era de um tom vermelho brilhante, estampada com luas douradas, estrelas e sóis. Era impressionante.

— Oi, Morgana — cumprimentou-me com sua voz rica e bonita. Ela pegou minhas mãos nas dela e beijou minhas bochechas. Eu me senti um membro da realeza. Ela fitou meus olhos e depois botou a mão no meu rosto. Após alguns instantes, assentiu. — Tem sido difícil — murmurou. — Temo que vá se tornar ainda mais. Mas você é muito forte...

— Sim — surpreendi-me falando claramente. — Eu *sou* muito forte.

Selene Belltower me avaliou e depois sorriu para mim e Cal, como se nos aprovasse. Ele sorriu de volta para a mãe e pegou minha mão.

Os olhos dela percorreram a sala e se focaram em alguém.

— Cal, quero que conheça uma pessoa — falou, e havia em sua voz algo que eu não conseguia entender.

Segui seu olhar e quase dei um salto quando vi a mesma garota de cabelos pálidos que Bree e Raven tinham encontrado no cemitério. Abri a boca para dizer alguma coisa, mas uma tensão na mão de Cal me fez erguer os olhos para ele.

Ele estava com uma expressão extraordinária. A melhor maneira de descrevê-la seria... predatória. Mal contive um tremor. De repente, senti que não o conhecia nem um pouco.

Eu o segui quando ele atravessou a sala.

— Sky, este é meu filho, Cal Blaire — disse Selene, apresentando-os. — Cal, esta é Sky Eventide.

Sem palavras, Cal soltou sua mão da minha e a estendeu para ela. Sky a apertou, sem desviar seus olhos escuros como a noite de seu rosto. Meu estômago embrulhou quando vi o modo como os dois se olhavam, se admirando. Eu queria atacá-la, e minha respiração se tornou difícil.

Então Cal olhou para mim.

— Esta é minha namorada, Morgana Rowlands — falou.

Ele me chamou de namorada, o que era bastante reconfortante. Então os olhos escuros dela estavam em mim, como dois pedaços de carvão, e apertei sua mão, sentindo sua força.

— Morgana — disse Sky.

Ela era inglesa e tinha uma voz incrivelmente musical, ritmada; uma voz que imediatamente me fez querer ouvi-la cantar, recitar feitiços, entoar rituais. O que me fez odiá-la ainda mais.

— Selene me falou sobre você — disse Sky. — Eu estava ansiosa para conhecê-la.

Só por cima do meu cadáver, pensei, mas obriguei minha boca a se abrir num arremedo de sorriso. Eu podia sentir a tensão de Cal, o corpo dele perto do meu ao olhar para ela e praticamente a devorar com os olhos. Sky Eventide o fitava com tranquilidade, como se percebesse o desafio dele e fosse aceitá-lo.

— Creio que você conheça Hunter — disse ela, apontando alguém atrás de si, de costas para nós.

A pessoa atrás de Sky se virou, e eu quase engasguei. Se Sky era a claridade do dia, Hunter era a própria luz do sol. Seu cabelo era de um dourado-claro, e ele tinha a pele fina e clara, com algumas sardas nas bochechas e no nariz. Seus olhos eram grandes, de um verde-claro, sem traços de azul, castanho ou cinza. Era incrivelmente bonito e fez meu estômago revirar. Como Sky, eu o odiei à primeira vista, de um jeito primitivo e inexplicável.

— Sim. Conheço Hunter — disse Cal, sem emoção, mas não estendeu a mão.

— Cal — falou Hunter. Ele encarou Cal, então se virou para mim. Eu não sorri. — E você é...?

Não falei nada.

— Morgana Rowlands — respondeu Sky. — A namorada de Cal. Morgana, este é Hunter Niall.

Continuei sem dizer nada, e Hunter me lançou um olhar duro, como se quisesse enxergar através de mim. Aquilo me fez lembrar do modo como Selene Belltower tinha me olhado pela primeira vez, mas não me causava dor. Apenas uma grande urgência de me afastar daquelas pessoas. Eu me sentia vazia e trêmula por dentro e, de repente, desejei desesperadamente voltar para a cozinha, onde era apenas uma garota esperando para ir ao cinema com os amigos.

— Oi, Morgana — disse Hunter por fim. Notei que ele também era inglês.

— Cal — falei, tentando não engasgar. — Temos que ir. O filme. — Não era verdade, ainda tínhamos quase meia hora antes de sair, mas eu não conseguia suportar nem mais um minuto daquilo.

— É — disse ele, olhando para mim. — É mesmo. — Ele olhou de novo para Sky. — Tenham um bom círculo.

— Teremos — disse ela.

Eu queria sair correndo dali. Na minha cabeça, eu via Sky e Cal se beijando loucamente, entrelaçados, engalfinhados na cama dele. Eu detestava o ciúme que sentia dele: sabia muito bem como esse sentimento podia ser destrutivo. Mas não conseguia evitar.

— Cal? — chamou Selene, quando estávamos quase saindo. — Você tem um minuto?

Ele assentiu e apertou minha mão.

— Volto num segundo — falou e foi até a mãe.

Continuei andando, cruzei a porta, atravessei a sala principal, a sala de estar e cheguei ao hall. Suando frio, eu ainda não podia encarar Jenna, Matt, Sharon e Ethan. Havia um lavabo no fim do corredor, e me tranquei lá. Joguei água no rosto várias vezes e, com as mãos em concha, bebi um pouco.

Qual era o meu problema? Aos poucos, minha respiração se acalmou e meu rosto, apesar dos hematomas desbotados, parecia bastante normal. Em toda a vida, eu jamais tivera uma reação tão intensa a alguém. Desde que Cal se mudara para Widow's Vale, minha vida dera várias guinadas abruptas.

Por fim, me senti pronta para encontrar com os outros. Abrindo a porta, desci o corredor em direção à cozinha.

Então minha pele formigou. No momento seguinte, ouvi vozes no hall, baixas, murmurando. Eram inconfundíveis: Sky e Hunter. E eles vinham na minha direção.

Eu me encolhi junto à porta, tentando me fundir à madeira, e de repente ouvi um clique e caí para trás. Segurando-me, não desabei, mas dei um arquejo de surpresa ao perceber que havia uma porta secreta no corredor.

Sem pensar, ouvindo as vozes se aproximarem, deslizei para dentro da sala e fechei a porta com um estalido imperceptível. Eu me encostei nela, o coração martelando, e ouvi as vozes passarem, descendo para o hall. Fiz esforço para me concentrar, mas não consegui distinguir mais nenhuma palavra. Por que Sky e Hunter me afetavam desse jeito? Por que me enchiam de pavor?

Então eles passaram, as vozes sumiram e o silêncio dominou meus ouvidos.

Pisquei e olhei ao redor. Embora eu nem tivesse notado a porta no corredor, do lado de dentro ela era claramente delineada e uma pequena trava magnética me mostrava que eu poderia sair.

Era um estúdio; de Selene, percebi depressa. Uma grande mesa de biblioteca em frente a uma janela estava coberta por uma tapeçaria e, sobre ela, havia um mostruário com várias almofarizes, pilões e vários caldeirões de meio litro de capacidade. Havia um sofá robusto de couro, e uma escrivaninha antiga com um computador e uma impressora, e estantes altas de livros, feitas de carvalho, repletas de milhares de exemplares.

Á luminária da escrivaninha estava ligada, proporcionando uma luz intimista, e eu me vi andando até as estantes. Por um momento, esqueci que meus amigos me esperavam, que Cal já devia ter voltado, que em breve teríamos que sair para o cinema. Tudo isso sumiu da minha mente, e comecei a ler os títulos.

20
Conhecimento

9 de setembro de 1984.

Agora a criança se mexe o tempo inteiro dentro de mim. É a coisa mais mágica do mundo. Eu a sinto despertar e crescer, e é diferente de qualquer outra sensação. Sinto que seu poder será forte.

Angus está me atormentando para nos casarmos, para que a criança tenha o nome dele, mas algo em mim está relutante. Amo Angus, mas sinto-me distante dele. As pessoas aqui acham que já somos casados, e para mim está bom assim.

— M. R.

Angus acabou de chegar. Encontrou um selo na estaca da cerca da nossa entrada para carros. Deusa, que mal nos seguiu até aqui?

Selene Belltower tinha a mais incrível biblioteca, e eu sentia que ficaria feliz em ficar trancada ali pelo resto da vida, apenas lendo tudo. As prateleiras de cima eram tão altas que havia duas escadas sobre trilhos, como as de biblioteca, que corriam pela sala.

À luz fraca da luminária, espiei as lombadas dos livros. Alguns não tinham título, outros estavam gastos, alguns eram gravados em ouro ou prata, e havia outros em que o título tinha sido escrito na lombada com um marcador. Uma ou duas vezes vi um livro cujo título só aparecia quando se chegava bem perto: brilhava de leve, como um holograma, e então desaparecia quando eu voltava a olhar.

Eu sabia que tinha que ir embora dali. Aquele sem dúvida era um lugar particular de Selene; eu não deveria estar ali sem a sua permissão. Mas será que antes eu poderia dar uma olhadinha rápida em um livro ou outro?

Eu ainda tinha tempo? Olhei para o relógio, que marcava sete e vinte. Só sairíamos para o cinema em quase meia hora. Sem dúvida ninguém sentiria minha falta por cinco minutos. Eu poderia dizer que estava no banheiro...

A sala era densa e cheia de magia. Ela estava em toda parte; eu a inspirava ao respirar, e ela vibrava sob meus pés quando eu andava.

Tremendo, li alguns títulos de livros. Uma estante inteira continha o que pareciam ser livros de receitas: de feitiços, de comidas que elevam o nível de magia, de pratos apropriados para diversas celebrações. Alguns dos livros pareciam antigos, com capas finas, danificadas, nas quais eu tinha medo de tocar. Ainda assim eu desejava ler suas páginas amareladas.

Olhando em torno a riqueza de magia que havia na sala, pensei nos Rowanwands, conhecidos por guardar seu conhecimento e seus segredos. Seria Selene Belltower uma Rowanwand? Cal dissera que ele e a mãe não sabiam de que clã descendiam, mas talvez essa biblioteca fosse uma pista. Eu me perguntei como poderia conseguir aqueles livros. Será que Selene me emprestaria? Cal podia pegá-los?

Os livros na prateleira seguinte estavam rotulados de *Artes obscuras, Uso da magia negra, Feitiços sombrios* e até havia um chamado *Invocando os espíritos*. Parecia perigoso sequer ter aqueles livros em casa, e perguntei-me por que Selene os guardava. Senti um calafrio e de repente tive ainda mais dúvidas se devia estar no estúdio. Virei-me para sair, mas então vi um mostruário estreito, com prateleiras de vidro iluminadas por baixo. Pequenos cálices de pedra guardavam punhados de cristais e pedras de todos os tipos e formas. Vi hematita, olho de tigre, lápis-lazúli, turquesa. Também havia gemas, cortadas e polidas.

Parecia-me incrível uma pessoa ter aqueles materiais à disposição: a ideia de que Selene podia entrar nesta sala e ter diante de si qualquer coisa de que precisasse para praticamente qualquer tipo de feitiço... era impressionante.

Esse conhecimento era o que eu ansiava, algo pelo qual eu sabia que tinha de batalhar. Os sonhos de meus pais sobre meu futuro, meu antigo plano meio delineado de me tornar cientista — essas ideias pareciam cortinas de fumaça que apenas atrapalhariam meu verdadeiro trabalho: tornar-me uma bruxa tão poderosa quanto eu pudesse ser.

Eu sabia que tinha que partir, mas não conseguia me afastar. Vou ficar só mais cinco minutos, disse a mim mesma, atravessando a sala até outro grupo de estantes. Ah, os covens estavam ali, notei. Prateleiras e mais prateleiras de Livros das Sombras. Peguei um e o abri, sentindo como se um raio fosse me atingir a qualquer instante.

O livro era pesado. Eu o pus na beira da escrivaninha de Selene. As páginas estavam amareladas e quebradiças, quase se desfazendo ao toque. Era um livro antigo — uma anotação estava datada de 1502! Mas também estava escrito em código e em outra língua, e eu não tinha como decifrá-lo. Pus o livro de volta no lugar.

Eu sabia que precisava mesmo sair dali e me reunir aos outros. Comecei a pensar que desculpa daria para o meu sumiço. Seria realista dizer que me perdi?

Fui andando de lado rumo à saída e esbarrei numa das escadas. Sem saber por quê, subi nela. Lá em cima, o cheiro de poeira, couro e papel velhos era mais forte. Segurando a escada, eu me inclinei para mais perto dos livros, tentando ler na luz mortiça. *Covens na Roma Antiga. Teorias sobre Stonehenge. Rowanwand e Woodbane: da pré-história aos dias de hoje.*

Eu sabia que não havia tempo suficiente para ler tudo, para me demorar, saborear e devorar os livros, como eu tanto ansiava. Eu me sentia atormentada por saber que aqueles livros estavam ali e não eram meus. Uma grande voracidade havia sido despertada em mim, uma paixão por informação, por aprendizado, por iluminação.

Meus dedos percorreram as lombadas, detendo-se sobre algumas mais difíceis de ler. Em uma das prateleiras do alto, encontrei um livro vermelho-escuro sem identificação enfiado entre outros dois, maiores e mais grossos, sobre história escocesa antiga. Quando passei a mão pela lombada, meu dedo formigou. Eu o percorri de novo, de um lado para outro. Formigamento de novo. Sorrindo, eu o peguei. Estava escuro demais para ler o título, então desci da escada e levei o livro para perto da mesa de Selene.

Sob a luz da escrivaninha, eu o abri. Na primeira página estava escrito *Belwicket*, numa bela letra cursiva. Parei, o sangue latejando em meus ouvidos. Belwicket. Era o coven de minha mãe biológica.

Virando a página, li no verso a seguinte inscrição:

Este livro é um presente para a minha incandescente, minha fada do fogo, Bradhadair em seu 14º aniversário. Bem-vinda ao Belwicket. Com amor, da Mathair.

Meu coração parou e minha respiração pareceu congelar nos pulmões. Bradhadair. O nome Wicca da minha mãe. Alyce me contara. Aquele era o seu Livro das Sombras. Mas como podia ser? Ele tinha se perdido após o incêndio, não tinha? Será que poderia haver alguma outra Bradhadair? Algum outro Belwicket?

Com as mãos trêmulas, comecei a passar pelas anotações. Cerca de vinte páginas depois, li: "Toda a cidade de Ballynigel apareceu para o Beltane. Estou velha demais para dançar em volta do mastro enfeitado, mas as garotas mais novas dançaram e foi adorável. Vi Angus Bramson à espreita perto das bicicletas, me observando como costuma fazer. Fingi que não o tinha visto. Só tenho 14 anos, e ele, 16!

De todo modo, tivemos uma bela celebração de Beltane, e depois Ma nos levou para um maravilhoso círculo, perto dos penhascos de pedra. — Bradhadair.

Tentei engolir, mas senti que ia engasgar. Folheei as páginas até mais para o fim. Aquelas entradas, em vez de Bradhadair, estavam assinadas como M. R.

Eram as iniciais do meu nome. E também de Maeve Riordan. Minha mãe.

Estupefata, tonta, eu me deixei afundar na cadeira de Selene, que rangeu. Minha visão embaçou, e minha cabeça pareceu pesada demais para meu pescoço. Lembrando-me de um treinamento das escoteiras de muito tempo antes, afastei a cadeira da escrivaninha e pus a cabeça entre os joelhos, tentando respirar fundo e devagar.

De cabeça para baixo naquela posição nada graciosa, tentando não desmaiar, minha cabeça girava, com pensamentos que me bombardeavam tão rápido que eu mal conseguia entendê-los. Maeve Riordan. Aquele era o Livro das Sombras de Maeve Riordan. Aquele livro na minha frente, o que falara comigo antes mesmo de eu tocá-lo, tinha pertencido à minha mãe biológica. A mãe que morrera queimada apenas 16 anos antes, numa cidade a duas horas daqui.

Selene Belltower tinha o Livro das Sombras dela. Por quê?

Eu me sentei direito. Rapidamente, li algumas passagens, vendo as anotações, enquanto minha mãe se transformava de uma garota de 14 anos, recém-iniciada, numa adolescente descobrindo o amor, e numa mulher que sobrevivera ao inferno aos 22 anos, até descobrir que tinha no ventre uma criança não planejada. Eu.

Meus olhos se embaçaram por causa das lágrimas quentes, e voltei para o início do livro, onde as anotações eram leves, infantis, cheias de maravilhamento e alegria com a magia.

Claro que aquele livro era meu. Claro que eu o levaria comigo esta noite. Não havia a menor dúvida quanto a isso. Mas como Selene Belltower o conseguira para sua biblioteca? E por quê, sabendo o que ela sabia sobre mim, nunca o mencionara nem o oferecera a mim? Seria possível que houvesse esquecido que o tinha?

Sequei as lágrimas e folheei o livro, vendo os feitiços de minha mãe se tornarem mais ambiciosos e abrangentes, seu amor, mais profundo e compreensivo.

Essa era a minha história, meu passado, minha origem. Estava tudo ali, naquelas páginas escritas a mão. Naquele livro eu descobriria tudo o que havia para saber sobre quem eu era e de onde viera.

Olhei para meu relógio. Eram quinze para as oito. Ai, meu Deus. Eu já estava ali havia mais de vinte minutos. E agora era hora de sair. Os outros sem dúvida estariam me procurando.

Por mais difícil que fosse, fechei o livro. Como eu ia tirá-lo da casa?

Então a porta secreta do estúdio se abriu. Uma fresta de luz do corredor invadiu a sala e, ao erguer os olhos, vi Cal e Selene ali de pé, olhando para mim sentada à escrivaninha dela, um livro aberto à minha frente.

E soube que havia imperdoavelmente passado dos limites.

Este livro foi composto na tipologia Minion Pro,
em corpo 12/16,1, e impresso em papel off-white,
no Sistema Cameron da Divisão Gráfica
da Distribuidora Record.